ターンオーバー

堂場瞬一

ハルキ文庫

角川春樹事務所

目次

ターンオーバー

連
投

横浜スタジアムの記者席は、バックネット裏最上階からグラウンドを見下ろす位置にある。試合の動きを一望できるいいポジションだし、強烈な夏の陽射《ひざ》しからも逃げられるのだが、グラウンドから遠いのが痛い。何しろ地上七階と同等の位置にあり、しかもエレベーターがないので、階段を百三十段も上らなければならないのだ。若い記者たちはスタンドで写真を撮りながら汗まみれになっているが、自分もここに来るまでに同じぐらい汗をかいたな、と新見《にいみ》省吾《しょうご》は思った。

若手の記者が、両チームの先発メンバー表を持って来た。三塁側ベンチ裏の大会本部からここまで、長い長い道のりだっただろう。無意識のうちに「ご苦労さん」とつぶやき、メンバー表を受け取る。スコアブックに選手の名前を書きこもうとして、新見は思わず立ち上がった。

そこにあるはずの名前がない。

◆

「全国高等学校野球選手権神奈川大会」と書いて「地獄」と読む。

新見は、古い自社の記事を見てついにやりとしてしまった。古いといっても十年前だが……署名を見ると、東日《とうにち》新聞運動部で、現在アマチュアスポーツを担当する向井《むかい》だった。よくこんなクサいリードの記事を、デスクが通したものだ。格好つけ過ぎだし、高校野球の県予選を「地獄」と言うのはいかがなものか。

しかし言葉はともかく、これは紛れもない真実である。

夏の甲子園の予選、神奈川県大会は全国一の激戦区と言われるが、それは強豪校が多いから、というだけではない。何しろ参加校も全国最多なのだ。二百校近くが参加するから、仮に一回戦から出場したとすると、決勝まで八試合を戦うことになる。シード校でも、七回勝たないと甲子園に行けない。梅雨明け前後からのクソ暑い中、八試合も戦うのは、どんなタフな選手にとっても「地獄」だ。

特に今年はきつい。梅雨が明け切らないうちから、最高気温は連日三十度を超え、今日など三十四度まで達した。球場にいた感覚では、もっと暑かった。脱水症状を防ぐために飲んだペットボトルの水は、実に四本。一試合あたり二本になった。

それにしても俺も馬鹿だよな、と新見は苦笑してしまう。何も好き好んで高校野球の取材をしなくても……新聞記者になってから、実に九回目の予選取材である。入社して最初の赴任地だった長野で五回、本社社会部に上がってからも東京都予選で二回、そして横浜支局に異動して最初の夏も……「やれ」と言われたのは新人だった最初の年だけで、後は全《すべ》て、自分で手を挙げた。毎回「きつい」と思い、「来年は絶対にやらない」と決めても何故《なぜ》か翌年手を挙げてしまうのは、性《さが》としか言いようがなかった。自身が高校球児だったせいもある。さほど強くないチームにいた自分でも、三回経験した夏の暑さは、やはり頭と体に染みついているということか。

それにしても神奈川県大会のきつさは、長野や東京の比ではない。開幕してから既に十日以上、今日やっと四回戦が終わり、ベスト十六が出揃《でそろ》ったところだった。明日が五回戦。本来はここから先、休養日を挟みながら準々決勝、準決勝と進むのだが、今年は雨のために本来の日程が狂ってしまった。五回戦以降は、一日しか休養日がない。それもまた、雨で飛んでしまいそうだった。そうなったら決勝まで連戦が続く。

何としても奴を止めなくては。

必要な記事を見つけ出して、支局の資料庫を出た。埃《ほこり》っぽかったせいか体が痒《かゆ》い。過去の記事などデータベースでいくらでも確かめられるのだが、新見はスクラップブックを見るのが好きだった。目的の記事を見た後も、隣の記事が気になり、何気なく目を通した物が参考になることもある。データベースで必要な記事を読んだだけでは、考えは広がらない。

今回は、自分と同じようなことを考えていた記者が過去にもいたのだ、と分かった。それはそうだろう。全国随一の激戦区ということは、試合日程もきつい。選手の負担は大変なもので、将来有望な選手が——特に投手が何人も潰《つぶ》れてしまった。その都度、「連投禁止」「球数制限」などの話題が俎上《そじょう》に上がるのだが、具体策はなかなか施されない。東日としても、何度も問題提起をしているのだが、何度書いたところで高野連が動くことはなかった。

それでも新見は書くつもりだった——一人の選手を救うために。

午後十時。この時間になると、さすがに横浜支局も静かになってくる。普段は、むしろこの時間からラストスパートという感じなのだが、高校野球の予選期間中は別だ。よほど大きなニュースがない限り、神奈川版の紙面は高校野球一色で埋め尽くされるから、他の記事が入る隙間《すきま》はほとんどない。実際、多くの記者が試合取材に駆り出され、普通のニュース取材を担当できる人数は一時的に減ってしまうのだ。今日も八試合。試合は夕方までには終わるので、原稿が出るのも早い。今日一日の仕事はもう終わり、という空気が流れていた。

「雨原稿の準備ですか」

自席につくと、二年目の若手記者、藤亜津子《ふじあつこ》が声をかけてきた。市政担当の亜津子は野球の取材は担当していないが、それは一目で分かる。日焼けしていないのだ。

「ああ。明日は雨らしいから。今のうちに準備しておかないと」

「何かネタ、あるんですか?」

「あるよ」新見は大袈裟《おおげさ》に両手を広げた。「書き切れないほどある」

亜津子がくすりと笑ったが、次の瞬間には何故か暗い顔になった。

「私、新人の時に野球は苦手でした。何か、ネタを探すのが難しくて」

「得手不得手はあるよ。こういうのは、好きじゃないとやれないよな。俺だって、市政ネタとかは好きじゃないし。明日から市役所を回れって言われても困ると思う」

普段の新見は、支局内の「遊軍」だ。特に担当を持たず、自分の好きな題材を取材する。何か大きな事件があれば、真っ先に手を貸すのも役目だ。新人としてこの支局に赴任した記者たちとの違いはそれである。一番大きな仕事は、十年選手として、若い記者たちを指導すること。

「明日の暇ネタは何ですか?」

「うん……渋井《しぶい》を助けること」

「渋井って、東高《とうこう》学院の渋井ですよね」

「そう。今大会最大のスーパースター」

それにしては地味だがな、と新見は苦笑した。

渋井は……確かに地味だ。「スーパースター」と言えば、圧倒的な力で相手をなぎ倒していくイメージがあるが、渋井には「辛うじて」とか「何とか」という形容詞がよく似合う。しかし、この大会で一番目立っている選手が渋井なのは間違いない。

これまで四試合、全て一人で投げ抜いてきたのだが、どの試合も冷や汗ものだった。楽に勝てたのは一回戦だけで、この時は5対0で完封勝利を収めたが、球数は百三十五球に及んだ。二回戦は味方打線も打てずに延長戦にもつれこみ、十一回にようやく粘り勝ち。球数は一回戦より多い百七十六球に上った。三回戦は2対0で球数は百二十二球、今日の四回戦は6対0だったが、実に九回で百六十六球も投げている。

スコアだけを見れば、見事な四試合連続完封勝ちなのだが、内容がよくない。とにかくランナーを背負う。しかし、そこからが真骨頂でもあるのだ。とにかく点を取られない、粘り強いピッチングが持ち味である。

ただし、疲れているのは間違いない。高校野球の絶対的なエースと言えば、チームで一番体の大きな選手が務めることが多いのだが、渋井は体格的にはごく普通の高校生である。百七十センチを少し超えるぐらい。体をねじるような力感溢《あふ》れるフォームで、サイドスロー気味に切れのあるボールを投げこんでくるのだが、そのフォームもまた、いかにも体に負担をかけそうだった。常に全力、小さな体に無理を強いて投げ続けている。

そして多分、故障している。

「でも、可愛《かわい》い顔、してるじゃないですか」亜津子がぽつりと言った。

「お前、こういうのが好みなのか？」

新見は、記事についた写真を見た。二回戦で勝った後、新見自身が撮影して記事にしたものである。キャップを取らせたので顔がはっきり見えていた。げっ歯類を思わせる尖《とが》った顎《あご》に大きな目。まあ、可愛いといえば可愛いか……今風の顔ではある。

「好みも何も、高校生じゃないですか」亜津子が顔を赤くする。

「だけど、六歳しか違わないぞ。十分ストライクゾーンじゃないか」

「勘弁して下さい」亜津子が顔の前で手を振った。「体育会系は好きじゃないんで」

「体育会系はコントロールしやすいから、つき合ったら楽だぞ」

「新見さんを見てると、そうでもないと思いますけどね」

まったく、生意気なことを……新見は苦笑しながら自分が書いた記事を読み返した。こういう「箱物」は、高校野球の紙面にはつき物だ。その日の試合で目立った活躍をした選手を、勝ったチーム、負けたチーム、それぞれ一人ずつ取り上げて紹介する、五十行か六十行の人間ドラマ。もっとも高校生なんていうのは、大したドラマを持っていないわけで、この手の記事を作り上げるのは結構面倒なのだが。ちなみに新見は得意だった。元高校球児としては、試合を見ていれば書くネタはいくらでもある。

例えば——。

ただの「熱投派」ではなかった。

常に全力で飛ばし、百四十キロを超える速球で相手打線をねじ伏せていく。しかし真骨頂は、出塁を許した後の粘り強さだ。巧みにコーナーを突き、勝負を焦らず、一人の生還も許さない。

延長に入ってから、その傾向はさらに顕著になった。速球に頼らず、緩急を上手《うま》く使ってじっくりと勝負をかけていく。

圧巻だったのは、十一回裏、無死で連続ヒットを浴び、同点とサヨナラの走者を許した後だった。迎えた三番打者にファールで粘られたものの、最後は外角ぎりぎりに決まるスライダーで空振り三振。四番打者に対しては徹底した内角攻めで腰を引かせた後、思い切ったスローカーブで勝負に出た。百キロに届かないカーブでカウントを稼ぎ、最後の一球は九十キロ。緩急の「緩」を徹底して使い、サードゴロでダブルプレーに仕留めた。

「タイミングを外すのがピッチングの全てだと思います」ときっぱり。スローカーブを続けたのは「計算通り」だという。数学が得意だという頭脳派の面目躍如だった。

百七十六球の熱投だったが、本人は「次もいけます」と平然とした表情。今大会の台風の目となった東高学院を引っ張り続ける。

まあ、表面をさらっただけの記事だな、と苦笑する。実際、取材時間もほんの少ししかなかったし。試合後の取材は、いつもばたばたなのだ。次の試合の準備が進んでいるので、選手がダグアウト裏に引き上げたところで大慌てで話を聞くことになる。たいてい二言三言、試合のポイントを聞くだけで終わるのだが、渋井の場合はいつも真面目《まじめ》に答えてくれた。肉体的には疲れているはずなのに、やけに明るい表情で、質問には的確な言葉ではきはきと応じる。何だか、高校生ではなく若手の政治家を取材しているようだった。

そしてその喋《しゃべ》り方は、新見に鮮烈な印象を残した。間違いなく、渋井は頭がいい。ピッチングも大したものだが、もしかしたらその「頭脳」の方が評価されるべきかもしれない。記事では「数学が得意」と簡単に書いたが、実際には「校内模試で、三年生になってからずっと一位を守り続けている」という。東高学院は神奈川県でもトップクラスの進学校であり、そこで一教科でも一位ということは、東大も狙《ねら》えるチャンスがあるということだ。

こういう頭のいい選手とは、話していて楽しい。自分のプレーについて説明できない選手も多い中、その辺のプロ野球解説者よりも、よほど上手く言葉を交わすことができる。

いずれにせよ、この試合を直接観《み》て、新見は東高学院を追いかけていくことを決めた。県内トップクラスの進学校が、エースの活躍で甲子園を目指す——そういう図式は非常に分かりやすく、読者受けもいい。去年までは、最高でも四回戦進出だったのだから、今年はまさに快進撃だ。遊軍の特権で、球場に関係なく、東高学院の試合だけを観ていくことに決めた。それが今日で三試合目……三回戦で既に「怪しい」と感じていたのだが、今日、確信に変わった。

間違いなく、渋井は肩を故障している。

このことは絶対に、問題にしなくてはいけない。このまま投げ続けたら、あいつは間違いなく潰れる。そうなったら、将来プロで活躍できるかもしれない選手が一人、消えてしまうのだ——俺がそうであったように。

翌日は、天気予報通りに雨になった。時折激しく、ゲリラ豪雨のように降る一日。これでこの後の休養日は完全になくなった。

新見は午後早く、ＪＲ鴨居《かもい》駅近くにある東高学院に向かった。何度か取材をして、監督の荻野《おぎの》とは顔見知りになっている。今年、東高学院が躍進しているのは、去年からチームを預かっているこの監督の手腕によるところが大きい。何しろ甲子園常連校、明央《めいおう》藤沢で、二十年も指揮を執った男である。六十歳を前に、心機一転して東高学院の監督に転身したのだが、新見は「心機一転」という言葉を疑っている。高校野球の監督も金で動くものだからだ。指導者としての手腕を買われてチーム作りを任されるのは、悪いことではないと思うが……どうせなら、契約金と年俸の額を明かしてしまえばいいのに、とも思う。

もちろん、アマチュア至上主義の高校野球で、そんなことをはっきり言うのは歓迎されないわけで、新見も「何歳になっても新しい夢があるのはいいですね」などと適当に調子を合わせて話を聞いたのだが。

野球部は体育館で練習していた。もっとも今日はごく軽い練習で、体調を整えておくだけの目的であることは、新見には見ただけで分かった。ストレッチとダッシュ中心で、ボールは持たないようだ。だいたい、選手たちもひどく疲れている。本当は完全に休みにするぐらいがいいのだが、と思って体育館の中を見渡したが、監督と渋井の姿は見当たらなかった。

もしやと思い、グラウンドに足を向ける。雨音がひっきりなしに耳を刺激したが、それを切り裂くように、甲高い音が聞こえてくる。あれは……ボールがミットを叩《たた》く音。まさか、ピッチング練習？　昨日の今日だから、投げないのも調整のはずなのに。

慌ててブルペンに足を運ぶ。

一塁側ダグアウトのすぐ横に作られたブルペンに、渋井がいた。ボールを受け取ると、両手をキャップに添えて直し、足場を均《なら》す。ゆっくりと上体を捻《ひね》ってからプレートを踏んだ。どうやら本気の投げこみではないようだ。感覚を忘れないようにするための調整――とはいえ、ピッチングは真剣そのものである。それほど大きくない体を目一杯使って、全力で投げこんでいく。おいおい……新見は、グラウンドを取り囲む金網の中に入り、ブルペンに近づいた。「ナイスボール！」のかけ声を聞き、監督の荻野がキャッチャーの側《そば》にいるのが分かった。

渋井の方に近づいていくと、まず荻野が気づいた。

「ああ、すまん、すまん。今日は取材でしたね」気さくに声をかけてきた。

「練習の邪魔はしませんので……」軽く挨拶《あいさつ》してから、新見は渋井を見やった。キャップに手をやり、素早く頭を下げてくる。こちらを認知しているのだと分かって、少しだけほっとした。渋井は今や、神奈川県内のスポーツマスコミの寵児《ちょうじ》であり、試合後はいつも報道陣に囲まれている。記者一人一人の顔など覚えていないだろうと思ったのだが、そうでもないようだった。しかし……試合後は鬱陶《うっとう》しそうな顔も見せずに取材に応対しているのだが、試合のない日ぐらいは取材を受けたくない、と考えているのではないか。だが彼の愛想のよさに、裏はないように見える。

「ちょっと待って。そっちに行くから」

そう言って、荻野がブルペンから出てきた。グラウンドのぬかるみになった部分を巧みに避《よ》けながら、小走りに外へ向かう。新見に向かってうなずきかけると、校舎の方へ歩き出した。新見はすぐに追いつき、「渋井、頑張りますね」と話を切り出した。

「そうだね」素っ気無い口調で荻野が応じる。どこか警戒しているような感じだった。

「疲れはないんですか」

「ま、若いから」

若いから心配なのだ、と思わず言いそうになった。高校生ぐらいでは、まだまだ体は出来上がっていない。体にかかる負担は、プロとは比べものにならないのだ。

何となく固い雰囲気のまま、荻野の後に続いて校舎に入った。玄関のすぐ側にある応接室に案内される。

「監督室があるかと思いました」強豪校なら、部室の脇に監督室があって、というのもよくあるパターンだ。

「うちは、そういう高校じゃないからね」荻野が苦笑しつつソファを勧める。

新見は荻野の斜め向かいの席に座った。ＩＣレコーダーはなし。最近は誰でもＩＣレコーダーを使ったり、その場でパソコンに打ちこんだりするのだが、新見はそういうことはしなかった。社会部時代に叩きこまれた癖である。ＩＣレコーダーを見て警戒してしまう相手もいるし、「パソコンを触ってる暇があったら質問しろ」と口を酸っぱくして忠告する先輩もいた。

もっともだ、と思った。

「渋井ですけど、故障してませんか」

「何だい、いきなり」

荻野が笑った。新見は追従せず、彼の顔を一瞬だけ凝視する。彼の笑みはゆっくりと引っこんでいった。

「それは、何とも言えない」

「どうしてです？」

「故障したなんて書かれたら、他のチームにいいように攻められるからね」

「でも、明らかに故障してますよね……私も怪我で野球ができなくなったので、分かるんですよ」

「ああ、そんなこと言ってたね。肩？」

「そうです」新見は左手を右肩に置いた。「ピッチャーじゃなくてショートだったんですけど、送球できなければ守れませんからね。私の場合はそもそもそんなにいい選手じゃなかったから、さっさと諦《あきら》めたんですけど」

自虐的だな、と我ながら思う。本当は、もっと上を目指せたはずだ。少なくとも大学レベルまでは……諦めたのは高校三年の夏、まさに予選が始まる一週間前だった。前の年の秋に肩を痛め、それからはリハビリだけでほとんど練習もしてこなかったし、とうとう痛みも消えなかった。チームに迷惑をかけるわけにもいかず、「試合には出ません」と自ら宣言した時の辛《つら》さ……。

「故障はつき物だからね」

「でも、止めるタイミングを間違わなければ、将来も続けていけるんですよ」

「そうだね」荻野がふっと溜息《ためいき》をついた。

「それで、どうなんですか、渋井選手は」

「その件はノーコメント」荻野の表情が引《ひ》き攣《つ》る。

ということは、間違いなく渋井は故障しているだろうが、荻野も取材慣れはしているだろうが、記者との駆け引きまでは無理だろう。しかしこの件を突っこみ過ぎると、取材が進まなくなる。

　新見は無難な話題に切り替えた。打線のこと——特にここまで打率六割を超えている四番の楠田《くすだ》について——固い内野守備のこと、甲子園への見通し。荻野は過不足のない言葉で取材に応じてくれた。もちろん、甲子園に行けるかどうかに関しては、微妙に言葉を濁したが。しかし新見は、かなり自信を持っているようだ、と感じていた。何度もチームを甲子園に導いた人間ならではの見通しを持っているのだろう。ただし荻野は最後に、「何も分からないけどね」とつけ加えるのを忘れなかった。大きいことは言わないものだ、と納得する。

「ピッチャーがもう一枚いればいいですよね」新見は微妙に話題を戻した。「観月《みづき》はどうなんですか？」観月は渋井と同学年。左腕で、さほどスピードはないがコントロールがいいらしい。春の大会では投げていたはずだが、この予選ではまだ出番がない。

「まあ、勝ってるうちは、あまり代えたくないから」

「渋井選手、連投に近い状況ですよね」

「休養日はあるから。今日もそうでしょう？」

「でも、さっきの練習も、かなり本気で投げこんでましたし、これから先は決勝まで連戦ですよ。彼みたいなタイプは、なかなか疲れが取れないんじゃないですか？」

「本人は何ともないと言ってるから」

「投げさせるんですか」

「本人が、どうしても投げると言っててね」

それはそう言うだろう、と新見は思った。高校生ぐらいだと、「投げろ」と言われれば投げる。命じられたのを、自分の意思だと思いこんでしまうこともある。だいたい、高校生ぐらいだと自分の「意思」などないものだ。特に野球をやっている人間は……だから自分も、メンバーから外して欲しいと言った時に苦しんだ。そんな風に自分の意思を表明していいのかどうか分からずに……監督の方から「お前はもういい」と言い出してくれるのを待っていた。

今考えれば、自分で責任を負いたくなかったからだ。誰かに肩を叩いてもらえば、楽になれたのだ。自分で切り出したことで、その後に何か変わったかと言えば……悪化した。過去の記憶をいまだにぐずぐず引きずっているぐらいである。

「この後、渋井選手に話を聞きたいんですけど」

「故障とか、そういう話はなしにしてくれよ」

「故障してるんですか、してないんですか？」結局話は最初に戻ってしまう。「他のチームのことを気にするのは分かりますけど、隠すのはよくないと思います。自分も故障の経験がありますから、分かるんですよ」

「で、そうやって書くつもり？」荻野が意地悪そうに言った。「書いてどうするんですか。そうすると新聞が売れる？」

今時こんなことを言う人がいるとは、と新見は驚いた。スポーツ新聞と違って、一般紙はほとんどが宅配である。駅のスタンドで強烈な見出しを見た人が次々に買って行く――ということなどまずない。

「故障の話をするなら、渋井の取材はお断りしますよ。変な話で動揺させたくないんで」

「私は彼を潰したくないんですけど」

「簡単に潰れるとか言わないで欲しいな」

「簡単に潰れるんです」新見はすかさず反論した。「私自身、そうでしたから。監督も何十年も選手を見てきたから、そういうのは何度も経験しているんじゃないですか？」

荻野が唇を引き結ぶ。自分の言い分――因縁に近い――が当たったことを、新見は悟った。荻野が指導してきた選手は何百人にも及ぶはずで、その中には志半ばで故障のためにグラウンドを去った選手が何人もいるだろう。

「故障のことは話題にしません――記事にはしません」新見は一歩引くことにした。純粋な正義感はまだ生きていたが、監督を怒らせて、この後取材拒否でもされたら面倒である。東高学院が甲子園に出場となったら、このチームとのつき合いはまだまだ続くのだ。

「じゃあ、その辺はよろしくお願いしますよ」荻野が馬鹿丁寧に言った。「私も立ち会うけどね」

「どうぞ」警戒しているな、と新見は思った。余計な質問が出たら、その場ですぐにカット、ということか。

まあ、いい。「故障しているのか」という一番大事な質問はできないかもしれないが、そもそも話を聞けなければ、何にもならないのだから。

今日は三十球しか投げていない、と言った渋井の口調はどこか不満気だった。

「試合の合間なら、本当はノースロー調整でもいいぐらいじゃないの？」新見は思わず言った。自分が現役だった十数年前でさえ、ピッチャーはそうだった。特に夏の予選では、ピッチャーを疲れさせてはいけない。

「いつも投げてないと駄目なんですよ。体が固まるみたいで」

「でも、昨日の今日で疲れてるだろう」

「そんなことないですよ」

疲れてはいないかもしれないけど、故障は間違いないな、と新見は確信した。今も、右肩にアイシングサポーターをした上にTシャツを着ているのだが、わずか三十球の投球練習の後にしては、あまりにも大袈裟である。故障箇所は間違いなく肩だ……しかし右肘《ひじ》にもサポーターがある。全体にプロテクターを着けたアメフトの選手のようだった。

「昨日もスローカーブが多かったね……百六十六球中、三十球」新見は自分でつけているスコアブックをちらりと見た。

「全部記録してるんですか？」

「昔からスコアブックをつけるのは得意でね。好きだし」

新見は自虐的に言った。そう、高校三年の夏、結局記録員としてベンチに入り、県大会の準々決勝で敗れるまでひたすらスコアブックをつけ続けたのだ。仲間が頑張る姿を間近で見るのは頼もしい限りだったが、一抹の寂しさがずっと心に巣食っていたのも覚えている。

「……しかし、これだけ球種がばらけてると、バッターも的を絞りにくいだろうな」

「手先だけは器用なんで」渋井がにやりと笑う。

高校生らしくないな、と新見は苦笑した。これまで何十人の選手に取材したか覚えていないが、大抵ろくな話は聞けない。記者に対して警戒しているのか、緊張しているのか、絶対にくだけた感じにならないのだ。しかし渋井はリラックスして、自分の空間を作り出すのに成功している。むしろ自分の方が緊張しているな、と新見は意識した。

「今、何種類ぐらい投げられる？」

「基本、カーブとスライダー、スプリットとツーシームですね」

「ツーシームはまた、いろいろ握りを変えて……」

「研究するのが楽しいボールですよ。まだ自由になりませんけど」

こういう話をしている分には気が楽だ。新見はしばらく、ツーシームの話を続けた。自分が高校球児だった頃は、このボールを投げるピッチャーはほとんどいなかったのだが……渋井は握りを見せながら、変化について説明してくれた。ちょっとサービスがよ過ぎるのでは、と驚く。普通、自分の手のうちは見せたがらないものだが。

「連投で大変じゃないか？」新見はそろりと切り出した。ダグアウトで、少し離れた場所に座った荻野が、目を細めてこちらを見る。故障の話はしてないでしょう、と新見は見詰め返した。

「そんなことないですよ。投げられて嬉《うれ》しいです。行けるところまで行くつもりですから」

その時、荻野の携帯電話が鳴った。顔をしかめて電話に出ると、顔色が変わる。話し振りからして、体育館で選手たちを指導しているコーチからの電話らしい。いきなり立ち上がると、ダグアウトを出て行った。はっと思い出したように振り返り、「ちょっと外しますから」と新見に告げる。言葉はそれだけだったが、少しだけ長く新見を睨《にら》み、「余計なことは言うなよ」と釘《くぎ》を刺していく。

二人きりになり、新見は自分がまた緊張しているのに気づいた。故障のことを切り出すチャンスだが、約束を違えるのはどうも……しばし無言でグラウンドを見詰めた。マウンドとホームプレート付近にはカバーがかけられているが、他の場所には水溜《みずたま》りができている。早い時間に雨が上がらなければ、明日の試合にも影響が出そうだ。

「故障してないか？」迷っていつまでも適当な質問を続けているよりはと、思い切って切り出す。

「分かりません」

「分からないって……自分の体のことじゃないか」

「医者行ってませんから」

「肩だね？」

「何で分かったんですか？」渋井がちらりと右肩を見て訊《たず》ねた。

「俺も肩を故障したことがあるから、見てれば分かる。昨日もその前も、終盤に投げ方がおかしくなってた。それに、最後の方でスローカーブを多く投げてたのも、痛みを誤魔化すためじゃないのか？」

「さすが、経験者ですね」渋井が苦笑する。やけに大人っぽい態度だった。

「診察受けた方がいいんじゃないか？　手遅れになると肩は大変だぞ。俺もそれで、野球を諦めたんだから」

「でも、医者に止められたら面倒でしょう？」渋井が肩をすくめる。アイスパックで上半身を固められているせいで、ぎこちない動きだった。

「そうだけど、もしも投げられなくなったら、今後どうするの」

知り合いの運動部記者に聞いたのだが、プロ野球の各球団が、既に渋井に興味を持ち始めているという。実際、スカウトを球場に送りこんでいるチームもあるそうだ。体格、そして体力的には問題があるが、何よりピッチングが完成されていてクレバーなのがいい、という評価である。それは新見の見方と一致していた。プロ野球で「大エース」にはなれないかもしれないが、高校出のピッチャーとしては十分期待できる。もちろん、大学野球であと四年間鍛えてからプロ入りというのもありだろう。いずれにせよ今の彼には、豊かな未来しかないはずだ。それを故障で潰してしまうのは、あまりにももったいない。

「いや、先のことは考えてないんで」涼しい口調で渋井が言った。

「でも、プロとか大学野球とか、君にはまだまだ先があるじゃないか」

「そんなの、ないですよ」どこか面白がっているような口調で渋井が言った。

「ないって、もっと自信を持たないと。プロも注目してるんだから」

「あ、そういう意味じゃないです」渋井が、自由な左手を顔の前で振った。「野球は高校までって決めてるんです。ずっと前から」

「どうして」新見は思わず両手を広げた。渋井ほど才能のある選手が、この先プレーしないというのは、野球界の損失である。「君ならプロでも通用すると思うよ」

「それはやってみないと分かりませんけど、とにかく、ここから先はないですね」

「どうして」

「前から決めていたからです」

「分からないな」繰り返しているだけで説明になっていない。新見は首を振った。「普通、君ぐらいの才能があれば、それに見合って欲も大きくなると思うけど……」

「別にやりたいことがあるんですよ」渋井が平然と言った。「野球は高校までって決めてるんです」と繰り返す。

「その後はどうする？」

「もちろん受験ですよ」呆《あき》れたように渋井が言った。「夏過ぎてから本格的に勉強を始めても、遅いぐらいですけどね。これからの追いこみは結構大変です」

「確かに東高は進学校だけど……せっかく野球で注目されてるのに」

「でも、受験は大事ですよ。浪人するつもりもないですし、一発勝負です」

「東大でも狙ってるとか」東高学院からは、毎年数十人が東大に合格しているから、渋井が「東大を目指します」と言っても不自然ではない。実際、成績もいいのだし……しかし今新見の目の前にいるのは、ここまで四試合連続完封勝ちのピッチャーだ。東大に現役合格するのと、甲子園に出場するのとどちらが難しいか、などと俗物的なことを考えてしまう。

「そうですけど」渋井がさらりと言った。

　あまりにも自然で、新見は一瞬、聞き逃しそうになった。渋井の顔を見ると、極めて自然な表情で、冗談を言っているとは思えない。

「本気なんだ」

「そうですよ。東高に入ったら、まずそれを考えますけど」

「いや、それは分かるけど、ちょっと……」野球を舐《な》めているのか、と新見は思った。東大受験を意識しながら野球にも取り組むというのは、どちらも中途半端になるのではないだろうか。

「外交官、目指してるんですよ。何か変ですか？」

「変じゃないけど、本気なのか？」

「もちろん本気です」

　確かに……彼の目を見た限り、嘘《うそ》を言っているとは思えない。

「それは分かるけど、俺は野球で頑張って欲しいんだ。それこそ、プロで投げるところも見たいし……だから故障で無理して欲しくないし、連投も避けて欲しい」

「あー、理屈は分かりますけど」渋井がうなずいた。「でも、野球はこれで終わりにするつもりだから、ちょっとぐらい無理してもいいんです。診察を受けて、ドクターストップになったら……それでも投げますけど、面倒なことになりそうじゃないですか？　だから医者にも行かないんです」

「いや、それはちょっと……」

「これで終わりなんですよ」それまで軽快に喋っていた渋井が、急に硬い口調になった。

「だから、どうなっても関係ありませんよ」


その日の「暇ネタ」に予定していた「連投に疑義を呈する」原稿は流れた。川崎で殺人事件が起こり、神奈川版の紙面の大部分をそれに取られてしまったのである。高校野球関係の記事は、「五回戦の見どころ」だけになった。

新見自身、書いていいのかどうか分からなくなっていた。「これで終わりだから」と本人から言われると、「ピッチャーを守ろう」という主張に説得力がなくなってしまう。こういう原稿には「将来」という言葉が必ずついてくるのだが、本人が野球に関して「将来」がないと言っている以上、こちらの論旨は弱くなってしまう。

仕事が一段落ついたところで、デスクの片岡《かたおか》が近づいて来た。


「悪かったな、今日は突発で」片岡は四十歳を越えたベテランだが、新見には気をつかってくれる。

「いや、しょうがないですよ。取材に呼んでくれてもよかったのに」

「川崎支局の連中だけで十分だよ」片岡が椅子《いす》を引いて座った。「あの原稿、いつ使うかね」

「ちょっとタイミングを見ないと分からないですね」

「渋井だけじゃないからな。連投はしょっちゅう批判の対象になるのに、監督連中の意識が低い。こういう原稿は、大会ごとに出てもいいぐらいだよ」

「まあ、そうですね」新見は苦笑した。この問題に関しては、自分よりも片岡の方が強硬派である。その背後に「しょせん部活」という考え方があるのを新見は知っていたが。新見の基本的な考え方は、「将来を潰すような連投は避けなければならない」だが、片岡の場合は「たかが部活でそこまで選手を酷使すべきではない」だ。結論は同じだが、過程がまったく違う。この男はスポーツの経験がないから、そういう風に考えるのだろう。

「とにかく、何とかチャンスは作るから」

「お気遣い、恐縮ですね」新見はさっと頭を下げた。考え方のベースは違うにしても、「連投反対」に関しては二人とも意見が合致している。原稿を掲載することに関しては、何の問題もないだろう。

だが新見の頭の中には、一抹の不安がある。渋井の、あの何の屈託もない態度や言葉……何となく自分が空回りしている感じもある。拳《こぶし》を振り上げたとして、その下ろし先はあるのだろうか。

雨は夜半過ぎに上がり、五回戦は各地で予定通りに行われた。そして保土ヶ谷《ほどや》球場の試合では、当然のように渋井がマウンドに上がっていた。相手は優勝候補の一角にも上げられている川崎啓徳《けいとく》高校。シード校としてここまで三試合を戦って、全てコールド勝ち、一試合当たりの平均得点は10点を超えている。渋井にとってタフな試合になるのは間違いなかった。

この日の渋井は、最初から飛ばしていた。これまでの試合では、三回ぐらいまでは探りを入れながら投げている感じで、それ故球数が多くなっていたのだが、今日は積極的に攻めている。確実にファーストストライクを取りにいき、早めに追いこんで勝負をかける——新見の目には、投げ急いでいるようにしか見えなかった。

新見はいつもと同じようにバックネット裏に陣取ってカメラを構えながら、渋井のピッチングをじっくりと見た。今日に限っては、ピンチらしいピンチがない。強打の川崎啓徳打線を完全に手玉に取り、七回まで三塁を踏ませない完璧《かんぺき》なピッチングだった。東高学院もヒット二本に抑えこまれていたが、五回に相手のエラーと走塁の好判断で1点を先取している。

プレッシャーのかかる状況だろうな、と新見は渋井に同情した。川崎啓徳打線は、どの打順からでも長打が飛び出る可能性がある。一瞬でも気を抜いて集中力が欠けたら、すぐにつかまるだろう。

八回のマウンドに立った渋井は、明らかに疲れていた。投球練習も抑え気味で、しかも全部変化球である。それに、肘が下がり気味になっているのも気になる。あんな風になるのは、疲れか痛みによる物だが、渋井の場合は両方だろう、と新見は見て取った。いい加減、継投策でいけばいいのに……今日も既に球数は百球を超えているし、今日勝てば明日以降も連投なのだ。

五番打者を迎え、マウンド上から渋井が自分でサインを送る。そう、これまでずっと渋井の球を受けてきたキャッチャーの脇本《わきもと》が、今日は何故か先発を外れているのだ。代わってマスクを被《かぶ》っているのは、二年生の控えキャッチャー。経験も少ないはずで、渋井がリードするのは当然だろう。今日、強気のピッチングになっているのはそのせいかもしれないと新見は思った。

初球、またもストライクを取りにくる。今日はここまで二十二人の打者と対戦して、実に十八人まで、初球でストライクを取っている。五番打者は、その傾向を見逃さなかった。強振するとジャストミートになり、打球はライナーであっという間にレフトフェンスを直撃する。打球が速過ぎたのか、セカンドではクロスプレーになったが、セーフ。渋井はいきなり同点のランナーを得点圏に背負うことになった。

しかしそこからが渋井の真骨頂だった。手元で微妙に変化するツーシームと、タイミングを外すスローカーブを上手く使い、打者を翻弄していく。ストライク先行の原則を無視し、ボール球を上手く使い始めた。六番打者を浅いライトフライ、七番打者を三振、八番打者はショートゴロに打ち取り、二塁ランナーを三塁に進めさせなかった。見事なピッチングに、スタンドからは拍手と歓声が上がったが、ダグアウトに向かう渋井の足取りは重い。この回だけで二十二球を投げており、球数は既に百三十球近くになっている。そういうピッチングスタイルだと言ってしまえばそれまでだが、やはり無理している感は否めない。この回も何度か腕が下がって、完全にサイドスローで投げていた。あんな風にしか投げられないとしたら、故障はかなりの重症である。

新見は身を乗り出して、一塁側ダグアウトを覗《のぞ》きこんだ。戻った渋井が、監督の荻野と何か話しこんでいる。後ろ向きなので表情は見えなかったが、二度、三度とうなずく仕草はひどく真剣そうだった。だが長話にはならず、ベンチに腰を下ろすと、近づいてきた脇本と言葉を交わし始める。表情は……暗い。脇本が「よくやった」と言うように左肩を叩いたが、それでも渋井の表情は冴《さ》えなかった。

1点リードのまま最終回。マウンドに向かう渋井は、何となく体が重そうだった。足取りはだらだらして、小走りするのも精一杯の様子である。投球練習は八回にも増して熱が入らず、とにかくさっさと「プレイ」の声をかけて欲しそうだった。

下位打線が相手だが、やはり投球に苦心している。九番打者への初球はすっぽ抜けになり、頭の高さを通過した。これが試合当初、百四十キロを超えるスピードが出ている時だったら、打者は避け切れずに頭を直撃されていたかもしれない。渋井がキャップを取って、素早く頭を下げる。揉《も》めないための最低限の礼儀。もう一度キャップを外して額の汗を拭《ぬぐ》い、サインを出す。その動きが途中で一度止まったのを新見は見逃さなかった。ここまで、そんな風に迷うことは一度もなかったのだが……やはり疲れて、考えがまとまらなくなっているのか。九番打者は、今日ここまで三打席凡退。全て打ち損ねでまったくタイミングが合っていないから、臆《おく》することはないのに。

タイミングが合ってしまった。

二球目はストライクゾーンへ。真ん中低め、悪くないコースだが力がない。ストレート――もしかしたらツーシームを投げたのかもしれないが、スピードが乗らず、変化もしないようだった。快音を残して、打球はセンターへ飛ぶ。センターがワンバウンドで押さえた時には、打者走者は既に一塁を回りかけていた。両手を一度叩き合わせ、喜びを表現する。

渋井が顔をしかめる。上手く打たれたというより、満足できるボールがいかなかったという不満感。両手を腰に当てたままうつむき、足下を均す。

大丈夫だ、と新見は声をかけたくなった。お前ならここを乗り切れる。そう思いながらも、ついダグアウトを覗いてしまった。荻野が動く気配はない。ほぼ直立不動のまま腕組みし、戦況を見詰めている。しかも、控え投手は誰もピッチング練習をしていなかった。

あくまで渋井に完投させるつもりか……確かに1点差、相手は強打の川崎啓徳とあって、渋井以外のピッチャーに任せるのは不安だろう。しかしここで無理して渋井の故障を悪化させたら、次の試合は絶対に勝てない。ここはリリーフ陣に託すべきではないか。

動きはない。マウンド上の渋井がぷっと頰《ほお》を膨らませた。空気を含むことで気合いが入るとでもいうような……事実、渋井は何とか立ち直った。

一番打者をスローカーブで三振、二番打者もセンターフライに打ち取った。しかし三番打者にはライト線を破る二塁打を許し、二、三塁で一打逆転のピンチを迎えてしまう。ここで逆転されると、一気に苦しくなる。東高打線も、六回以降ノーヒット、走者を一人も出していないのだ。打線の援護が期待できない以上、ピッチャーが踏ん張るしかない。

四番打者を迎え、渋井は最後の力を振り絞った。初球をスローカーブで入り、二球目は一転して渾身《こんしん》のストレート。これでツーストライクと追いこんだが、相手も後がない状況で踏ん張った。外角低めへ上手くコントロールされたスライダーをカットしてファールにし、内角ぎりぎりの速球をボールと見極めて見送る。次の一球は、渋井の方がじれて投げ急いだようになり、スライダーが低くワンバウンドしてしまった。投げ終わった瞬間に「まずい」と気づいたのか、渋井が慌てて本塁カバーのためマウンドを駆け下りる。キャッチャーが身を挺《てい》して後逸を防ぎ、ことなきを得たが、一瞬のダッシュは、疲れ切った渋井にさらにダメージを与えたようだった。足を引きずるようにしてマウンドに戻ると、顔をしかめながら二度、三度と膝《ひざ》の屈伸運動を繰り返す。

決め球に、渋井はスローカーブを選んだ。しかしさすがに川崎啓徳は鍛えられている。これまでピンチの度に渋井がスローカーブに頼ってきたことなどは、とうに見抜いているのだ。しかもこの試合では、序盤から投げているので、打者の目も慣れている。

いつものスローカーブだった。ストレートとほとんど同じフォームで、投げる時に指先からふわりと押し出すような投げ方。その時点でバッターのタイミングはずらされ、しかも大きく曲がり落ちてくるので、突っこんだ体のバランスはさらに崩れる。何とか当てにいっても芯《しん》には当たらず、結果凡打になる――渋井もそれを狙っていたはずだ。直前のスライダーはスピードが乗っていたから、遅いボールはさらに効果的なはずだし……しかし四番打者は、完全に読み切っていた。

ストレートがきたら振り遅れになるのを覚悟したように、じっくりと溜めをつくる。右足に体重を残したまま、なかなかバットを始動しない。投げ終えた渋井の顔面が真っ青になるのが新見にも分かった。

次の瞬間、鈍い金属音が新見の耳を突き刺す。渾身のフルスウィングで、ボールが叩き潰されるような当たりだ、と分かった。思わず目を瞑《つぶ》りそうになるのを我慢しながらボールの行方を追う。レフト。距離は十分。東高のレフトが、早くもフェンスのところまで下がって、上空を見上げている。右手をフェンスに当て、届く物なら何としてもボールをもぎ取ろうという狙いだ。ポールぎりぎり……しかしレフトは、ジャンプしなかった。諦めたのではなく見切ったのだと、新見にも分かった。

ファール。

スタンドにどよめきと溜息が流れた。言葉を失っていた東高学院の応援団が息を吹き返し、渋井に声援を送り始める。しかし川崎啓徳の応援団は、それを上回る声援を浴びせかけた。負けてはいても、明らかに自分たちが有利だと確信している。

川崎啓徳の四番打者が、ゆっくりと足場を固めた。マウンド上で少し上体を屈《かが》めた渋井は、険しい表情を浮かべている。昨日取材した時とは別人のようだった。セットポジションから、ゆっくりと始動。またスローカーブだ、と新見は読んだ。先ほどの一球よりもさらにスピードを殺してタイミングを狂わせる——そうやって延長十一回の二回戦を何とか投げ切ったように。バッターにも、当然あの時のピッチングの情報は入っているだろう。軸足に溜めに溜めて、今度は確実にフェアゾーンに弾《はじ》き返してくる。

ストレート。百四十五キロ。内角に決まった一球に、バッターはぴくりとも動けなかった。ああ、という溜息が川崎啓徳の応援団から漏れる。一瞬遅れて、東高学院の応援団が歓声を上げげた。

まさか、裏をかいてここで速球——しかもこの試合一番力のこもった一球を投げこんでくるとは。唖然《あぜん》として、新見は渋井の姿を凝視した。やっぱりこいつは頭がいいし、度胸もある。

だがマウンド上の渋井は、とても投げ勝った投手には見えなかった。グラブをはめた左手を右肩にのせている。今まで、そんな仕草は一度たりとも見せたことがなかった。

隠せ。隠さないと誰かが書くぞ、と新見は歯ぎしりした。他の社の連中は……俺ほど野球を知っている人間はほとんどいない。ただの仕事として高校野球を取材しているだけだから、何か掴《つか》めば何の考えもなしに原稿にしてしまうだろう。それが後々、どんな影響を及ぼすか。俺だったら、しっかり考えて書く。お前の将来を無駄にしないよう、上手くリードする。

駆け寄って来た他の選手に促され、渋井がようやくマウンドを降りた。試合後の挨拶のために整列を終えるまで、左手はずっと右肩を押さえたままだった。

案の定、試合後の取材では渋井の右肩の状況に質問が集中した。

「故障ですか」という配慮を欠いた間抜けな一声をきっかけに、渋井に遠慮のない質問が浴びせられる。

渋井は冷静さを保っていた。「ちょっとひっかかりがあっただけです」「今は痛くありません」「疲れは当然ありますけど一晩寝れば大丈夫です」。優等生的答弁というより、必死で言い訳しているようにしか聞こえなかったが。

ようやく取材の輪が解けた後、新見はすっと渋井に近づいた。気づいた渋井の顔が引き攣る。笑おうとして失敗したらしい。すぐに能面のような無表情になってしまった。

「無理するなよ」新見は気さくに話しかけた。

「してませんよ」

「他の記者にも気づかれたじゃないか」

「故障なんかしてませんから」

「意地張ってもいいことはないぞ……まさか、明日は投げないよな」

「投げますよ。いつもこれが最後だと思って投げてますから」

「なあ……潰れて欲しくないんだよ、俺は」

「あの……こんなこと言いたくないんですけど」遠慮がちに渋井が切り出した。「投げるのは僕なんですけど。何で周りの人があれこれ言うんですか」

新見は、脳天を一撃されたようなショックを感じた。周りの人って……確かに、俺が自分でプレーしているわけじゃない。渋井にすれば、周囲にあれこれ言われても困る、ということだろう。だが高校野球は国民的行事なのだ。単なる「アマチュアの高校生の大会」というだけでは済まされなくなっている。注目度が高いが故に、様々なねじれが生じているのも事実で、新聞記者の役目の一つはそういう問題を正し、球児を守ることだ。それを簡単に「周りの人」と言われても……かすかにこみ上げてきた怒りが爆発しなかったのは、荻野が割りこんできたからだ。

「これぐらいにしてもらえますか」冷たい声で忠告する。

「監督、渋井選手の故障は……」

「何もないです、何も」

「無理させるんですか。それは、指導者として正しいんですか」

渋井の肩を抱くようにして立ち去りかけた荻野が振り返る。強張《こわば》った表情を新見に向けてきたが、何も言わないだけの我慢強さは持ち合わせていたようだ。さすがに長年、名門チームを引っ張ってきた男は違う。

取り残された新見は、言いようのない不快感に襲われていた。渋井の一言はあまりにも傲慢《ごうまん》ではないだろうか。まるで応援する人たちの存在など関係なく、自分たちだけがプレーしているとでも言いたそうな……応援にどれだけ勇気をもらえるか、知らないわけでもないだろうに。もしかしたら、勝ち進むに連れて天狗《てんぐ》になってしまったのかもしれない。黙って俺のピッチングを見ろ、と。

そうじゃない、それじゃ駄目なんだ。多くの人がお前に注目している。この大会でファンになって、これから先も長くお前のピッチングを見たいと願うようになった人はたくさんいるはずだ。

外交官って……人生の目標として悪いとは言わないが、野球の世界ではもう結果を出していたるんだぞ？　どうして野球でトップを目指さない？

連投を批判する記事を、新見は準決勝の試合中に仕上げた。この日も東高の試合を観て、渋井のピッチングを見守ったのだが、さすがに準決勝ともなると、自分以外に二人の若手記者が球場に張りついている。スタンドの雑感などの取材は任せ、試合の流れを見ながら原稿を仕上げた。

この日の渋井もひどかった。五回戦から三連戦……三試合とも、午後の一番陽射しが強い時間帯に行われた。スタンドにいるだけでも脱水症状になりそうなのに、マウンドはどれほどの暑さだろう……そういう状況を差し引いても、渋井のピッチングには疑問符をつけざるを得なかった。毎回のように走者を溜め、辛うじて無得点でしのぐピッチング。五回までで球数は既に八十球を超えていた。前日も、百二十球投げたばかりなのに。

苦しいピッチングを見ながら——それでも得点を許さないことに感心しながら、必死で記事を直していく。今日はもう二試合しかないので、紙面のスペースはたっぷりある。百行貰《もら》ったが、それでもまだ足りない感じがした。今大会で、渋井を筆頭に連投を続けている選手が何人もいることをデータで示し、これまで投げ過ぎで潰れてしまった投手たちの話を織りこみ、高野連への苦言も入れて立派な警告原稿になった。

だが、何となく納得いかない。当事者の言葉がないからだ。渋井の先日の言葉、「何で周りの人があれこれ言うんですか」を引用しようかと思ったが、それは少し卑怯《ひきょう》だと思って自重した。あの時、渋井は取材されている自覚もなかったのではないか。よし、試合後に渋井のコメントをちゃんと取って入れよう。もちろん監督からも話を聞く。それらを盛りこむと軽く百行を超えてしまうが、片岡も許してくれるだろう。彼も連投禁止主義者なのだから。

新見は、三塁側ダグアウト上のスタンドにいる亜津子に電話をかけた。川崎での殺しの犯人がまだ捕まっておらず、他の記者がそちらの取材に取られたので、当初は関係なかった彼女も急遽《きゅうきょ》野球取材に駆り出されたのだ。「日焼けする」とぶつぶつ文句を言っていたが……試合中なのにまだ不機嫌だった。

「終わったら、すぐに東高の渋井のコメントを取ってくれ。肩の具合と、連投を続けてきたことをどう思うかについて」

「分かりました」

亜津子がぶっきらぼうに言って電話を切った。本当は自分で話を聞きに行くべきなのだが、何となく気が進まない。先日の試合後で、渋井、それに荻野との間に緊張感が生まれてしまったことは意識している。後輩にこういう取材を押しつけるのはまずいよな、と一瞬考えたが、これも若い記者にとっては修業だと自分に言い聞かせる。

今日は珍しく、東高にとって楽な試合になった。普段湿りがちな打線もこの日だけは渋井を援護し、五回に3点、七回にも3点を奪って試合をリード。渋井はいつにも増してスローカーブを多投していたが、緩急を上手くつけることで、相手打線を最後まで翻弄し続けた。球数が多いのは相変わらずだったが、最後まで何とかスタミナを保つことができたようである。試合はそのまま、東高が6対0で勝った。これで決勝進出。渋井は実に七試合六十五イニングを一人で投げ抜き、まだ失点がない。仮に明日負けるようなことがあっても、間違いなくこの大会の主役は渋井だ。でも、それでいいのか……野球生活最後の想い出作りにはなるかもしれないが、そんな風に小さく終わって欲しくない。お前はもっと大きく羽ばたける選手だ。

ゲラを見直して、新見はほっと吐息をついた。言いたいことは全部書いたと思う。今日の渋井の投げ方を見た後、「書かなければ」という気持ちはますます強くなっていた。実際、試合後の渋井を取材した亜津子は、「死にそうでした」と報告してきたぐらいだし……どんなに疲れていてもきっちり取材には応じていた渋井だが、この日は言葉少なく、短い言葉で返事するのがやっとだったという。

新見が頼んでいたコメントは――「投げるかどうかは自分で決めます」。何となく自棄《やけ》になったような答えにも思える。そもそも、これも荻野に「言わされている」のではないかと新見は思った。連投を命じるのは監督。しかし荻野は、自分の責任を回避させるために、渋井にこのような台詞《せりふ》を用意させたのではないか……事実荻野は「本人が投げたいと言っているのを止められない」と無責任なコメントを出した。

そんなことはないはずなのに。

高校野球において、監督は絶対的な存在である。時には暴君になって様々な問題が起きることもあるほどで、とにかく選手にとって絶対の存在であることに変わりはない。監督の命令には逆らえない。「選手の自主性に任せます」などという監督は少数派なのだ。それ故、本当にそういう監督がいて、甲子園で勝ち進むと大きなニュースになる。

「どうでした？」亜津子が近づいて来た。遅い夕飯として、サンドウィッチを頬張っている。歩きながら食べるのはあまり行儀のいいことではないが、この業界ではごく普通だ。

「悪かったな、面倒な仕事を押しつけて」

「いいんですけど、何か、本当に死にそうな顔してましたよ」

「その辺、他社も気づいたか？」

「気づいたでしょうね。あれだけ青い顔してたら……日焼けしてるのにそう分かるぐらいだから、体調は相当酷《ひど》いと思いますよ。故障なんですか？」

「間違いないな。顔が青くなるほど肩が痛いとしたら、投げられる状態じゃないはずなんだけど」

「何で、そんな風になってまで投げたいんですかねえ」亜津子が首を捻る。

「本人曰《いわ》く、野球はこれで終わりだから。後は東大を目指すそうだ」

「マジですか」亜津子が目を見開く。「そういうの、ありなんですかね」

「ありもなにも、本人がやるって言ってるんだから、俺たちがどうこう言えることじゃないよな」

そうか……確かに渋井の言うことには一理ある。「本人が投げたいと言っているのを止められない」なら、「本人がこれで最後と言っているのを止められない」のも真実だ。余計な口出し無用ということか。

いや、やはり野球と受験はまったく別だ。これだけ注目を集めているのだから、渋井はもう、自分で自分のやり方を決められないのではないか。故障しても投げ続ける渋井の姿勢は、高校野球全体に対する問題提起になる。

「連投禁止ができないなら、試合の間隔をもっと広げるべきですよね」亜津子が言った。

「試合と試合の間に、最低でも必ず一日は空けるとか」

「そんなことしてたら、神奈川県の予選は一か月以上もかかるぞ。それに、問題なのはピッチャーだけなんだ。野手は、毎日試合してても平気なんだから」もちろん、夏の試合はエネルギーを消耗するが。自分の経験から言っても、一試合を終えると体重は確実に二キロ減ってしまう。真夏の球場は、グラウンドに陽光を集めてしまうのだ。

「じゃあ、やっぱり連投を禁止すればいいんですよ。それぐらい、ルールを決めればいいんだから簡単ですよね」

「そうなんだけど、高校野球はエースの存在が絶対だからなあ」

「新見さん、本当はどっち派なんですか？　連投も仕方ないと思ってるんじゃないですか」

「故障してまでやることはないよ」

それは本音だった。連投は疲れにつながり、故障を呼ぶ。自分の経験もあり、新見は故障に敏感だった。特に渋井のように将来性のある選手が潰れるのを見るのはたまらない……。

改めて記事を読み直す。

今回の大会でも、投手の連投が目立った。

特に東高学院の渋井夏雄《なつお》投手（3年）は、準決勝までの7試合を一人で投げ抜き、投球回は65イニング、球数は1000球近くなっている。全試合無失点で切り抜けてきた大黒柱だが、やはり投げ過ぎの感は否めない。特に渋井投手の場合、球数が多くなる傾向があるので、疲労度も並大抵ではないはずだ。

渋井投手のほかにも、今日の決勝で対戦する川崎実の道原直己《みちはらなおみ》投手（3年）が初戦の二回戦を除く5試合で先発・完投している。また、準決勝で川崎実に敗れた相模原《さがみはら》中央の赤澤博人《あかざわひろと》投手（2年）も5試合連続の先発・完投。このうち2試合は延長戦になり、球数は700球に達している。

依然として連投が目立つ背景には、やはり甲子園への執着がある。準決勝で東高学院に敗れた横浜修徳は三人の投手で6試合を戦ったが、青木真治《あおきしんじ》監督は、「一番調子のいいピッチャーで勝負したいという気持ちはある」と本音を覗かせつつ、「選手の将来を考えると無理はさせられない」と明かした。

選手も勝利への執着心は強い。渋井投手は「投げるかどうかは自分で決めます」と、あくまで勝利にこだわる姿勢を見せている。同校の荻野充《みつる》監督も「本人が投げたいと言っているのを止められない」と、渋井投手を連投させたのはあくまで本人の希望によるものと強調した。

全国一過酷と言われる神奈川県大会では、過去にも連投で故障してしまった投手が少なくない。80年代、甲子園に三季連続出場を果たした湘南《しょうなん》清陵の谷沢直登《たにざわなおと》投手は、3年生の夏の大会で五連投、これで肩を痛めて、プロ入りした後には打者に転向している。95年に甲子園に出場した小田原南の麻田護《あさだまもる》投手は、「超高校級」の評価通りに、3年夏の県大会では7試合で90奪三振を記録したが、準決勝で肘を痛め、甲子園では投げられずにその後野球から離れている。

そういう事例がありながら、依然として投手の連投がなくならない現状に、高野連事務局では「強い指導は難しい側面もある。日程的にも、現在以上に余裕を持たせて組むのは難しい」と頭を抱えている。

結局、勝利至上主義の監督や選手の意識改革が必要、ということになりそうだ。

内容的には大したことはないな、と苦笑する。今まで何度も蒸し返された話であり、目新しさはない。

新見は、高野連への取材で、WBCを引き合いに出し、「球数制限があってもいいのではないか」と言ったのだが、向こうの言い分は「プロとは事情が違う」。

理屈としては合っている。プロはほぼ毎日のように試合がある。WBCのような「お祭り」で故障をしたら、自分の仕事が危うくなるのだ。だから無理せず、故障なくプレーすることに力点が置かれる。しかし高校野球に明日はない。負けたら終わりのノックアウト方式だから、一番確実に勝てる方法は、エースを使うことなのだ。

仮に球数制限が行われたら、高校野球は今とはまったく違うものになるだろう。選手の頑張りよりも継投を考える監督の采配《さいはい》がさらに重視されるようになり、勝負の名場面は減ってしまうかもしれない。

自分が故障で選手生命を絶たれたこととは別にして、新見もいい試合を見たいとは思う。だが——ふと渋井の言葉が頭に入りこんでくる。「投げるかどうかは自分で決めます」。いくら注目している人が多い「国民的行事」であっても、プレーするのはアマチュアの高校生だ。彼らの意思が重視されるのが本当ではないだろうか。投げるのも自由、投げないのも自由。それを、自分たち外野の人間があれこれ言うのは筋がおかしい……しかし、好投手がむざむざと潰れてしまうのを、指をくわえて見ているのは忍びない。自分は新聞記者なのだから、問題があると思えば書けばいいだけで……そもそも渋井の台詞は、本当に彼の心からの言葉だったのか。

考えがまとまらなくなってきた。

せっかく書き上げた原稿が、ひどく詰まらないものに思えてくる。

◆

どういうことなんだ……新見は一瞬唖然とした後、身を乗り出した。東高が入っている一塁側ベンチは——高い場所にある記者席からは見えない。念のためにと双眼鏡で覗いてみたが、それでも選手一人一人の顔までは判別できなかった。

隣に座る顔見知りの他社の記者が声をかけてきた。

「おたくが余計なこと書いたから、東高は試合を捨てたんじゃないの」

「まさか」

「正面切って批判されたら、投げさせ辛いよね。監督も結構気にしたんじゃないかな」

新見は、自分が何を望んでいたのか分からなくなってきた。もちろん、渋井は大事にしなければならないと思う。だが、記事が出た日の試合——県大会の決勝に渋井を先発させないというのはどういうことだ。これで渋井は納得しているのだろうか。いや、そもそも監督の命令なのか渋井の意思なのか。

気づくと新見は、双眼鏡を摑んで記者席を飛び出していた。試合中に選手に取材することはできないが、ここにいては何も分からない。

県大会の決勝戦とあって、広い横浜スタジアムもさすがに観客で埋まっている。バックネット裏から内野席にかけてはほぼ満員で、東高のダグアウトを覗けるいい場所が見当たらない。

結局、三塁側ダグアウトの近くで、亜津子がカメラを構えて陣取っている場所に行った。かなり離れているが、東高ダグアウトのほぼ正面になる。

「どうしたんですか？」日焼け対策に、キャップに長袖《ながそで》で完全武装した亜津子が、驚いたように新見を見上げる。

「渋井が投げない」

「あ、そうですね。記事が出たからですかね」

「気楽に言うな」

新見は双眼鏡を覗きこんだ。荻野がダグアウトの一番前に出て、対戦相手の守備練習を見守っている。これが終われば試合開始……渋井の姿は見当たらなかった。ベンチ入りもしていないのだろうか。

守備練習が終わり、いよいよ試合開始。審判の合図で、両チームの選手が一斉にベンチを飛び出した。渋井は……いる。今までは、常に真っ先に列に並ぼうと飛び出して行ったのだが、今日は少し遅れている。彼の隣には、背番号「2」をつけた脇本。脇本は、遠目で見ても分かるほどはっきり、足を引きずっている。そうか、このところ先発を外れていたのは負傷していたからだ、と今になって理解する。東高に関しては、渋井ばかりを追いかけていたから、他の選手の動向をすっかり無視していたのだ。これは少し、目配りが足りなかった。

渋井は、脇本に寄り添うようにゆっくりと走っている。脇本の怪我はかなり重傷のようで、まともに走るのも難しそうだ。膝だろうか……キャッチャーにとって膝の負傷は致命的である。甲子園に出場したとしても、プレーできるかどうか。一方渋井は、見た限りでは故障の影響を感じさせなかった。肩だから、走っていても故障の程度までは分からないのだが。

二人とも笑っている。吹っ切れたような笑顔であり、これから決勝が始まるのに相応《ふさわ》しい表情ではなかった。実際、他の選手は皆、この先に死が待ち受けているように苦しそうな顔つきである。

「何なんだよ、いったい……」双眼鏡を覗きこんだまま、新見はつぶやいた。本当に自分の書いた記事が原因なのか。

東高の先発は、今大会一度も登板のない観月だった。渋井でないなら、他に選択肢はない。

投球練習でマウンドに上がった観月を見た瞬間、新見は「東高は負けた」と確信した。渋井に比べれば、まったくスピードがない。前評判ではコントロールのいい投手ということだったが、緊張のためか、投球練習でさえストライクが入らなかった。直球は高めに浮き、左投手特有の大きく割れるカーブは、ことごとくワンバウンドになってしまう。今日はそれほど気温も上がっていないのに、早くも顔は汗で濡《ぬ》れている。緊張してるな……それも悪い意味での緊張だ。

ボールを回す内野陣の動きも、どことなくぎくしゃくしている。渋井はコントロールが抜群によかったから、バックも守りやすかったはずだ。しかし「行き先はボールに聞いてくれ」というタイプのピッチャーの場合、守備陣は打球の行方を予想して守備隊形を整えるのも難しくなる。

試合は早々に崩壊した。観月は先頭打者にストレートの四球を与え、続く二番打者も警戒し過ぎて歩かせてしまった。早くも息が上がり、肩を上下させて必死に気持ちを落ち着けようとしているのが、痛いほど分かる。ショートが近づいて、一言二言声をかける。自分もやったな……と新見は十数年前を思い出していた。ピッチャーというのは孤独な存在で、誰かに一声かけてもらうだけで、ずいぶん気持ちが楽になるものだ。

三番打者への初球、観月は簡単にストライクを取りにきた。その分棒球になってしまったのか、バッターは思い切り強振してきた。金属音の残響が残るような強烈な打球――ライナーでレフトスタンドに飛びこみ、一塁側内野席に陣取った東高応援団が完全に沈黙する。

終わった。

この試合、東高が優位に立てる場面は絶対にこない。

勝てるチャンスはあったかもしれない、と新見は試合を振り返った。観月は何とか落ち着き、その後もランナーを出すものの、必死で後続を抑え、追加点を許さなかった。しかし五回、試合は完全に崩壊した。満塁から走者一掃の二塁打、続いてホームランが飛び出し、これで一気に8点差になった。満塁になった時、渋井をリリーフで送っていれば……だが全ては「もし」の話である。渋井はまったく投球練習をしていなかった。どんな展開になっても投げない、というのは試合前に決まっていたのだ。

試合はそのまま、0対8で東高が敗れた。試合後、新見は球場に流れる空気に不穏な物を感じ始めた。何で渋井は投げなかったんだ？　あの記事のせいか？　誰かが実際にそう言ったわけではなかったが、無言の圧力を感じて、新見は早々にスタンドを離れた。

ダグアウト裏で東高の取材に回る。既に荻野が記者たちに囲まれ、淡々とした表情で取材を受けていた。その隣には渋井。汗もかいていない、苦しそうな表情も見せていない渋井の会見を見るのは初めてだった。負けたというのに、渋井の表情はどこか晴れ晴れとしている。不謹慎という感じではなかった。やることは全てやった、悔いはない――とでも言いたそうな表情なのだ。渋井は小声で取材に答えていたが、時折「故障」「無理しない」などと聞こえてくる。ようやく故障を認めて、自分の体を大事に考えたのか。それなら、自分の記事も役に立ったかもしれないと、新見は胸を撫《な》で下ろした。

取材の輪が解けたところで、渋井に近づく。新見に気づいた渋井が、笑みを浮かべたまま頭を下げた。記事のことは何とも思っていないのか……質問しようとした瞬間、渋井が先に言葉を発する。

「大学でも、野球をやりますから」

「それは――」

新見の質問を受けつけず、一礼して渋井が去って行った。近くで待っていたらしい脇本に近づくと、拳と拳を合わせる。勝った選手が見せるような、互いの健闘を讃《たた》えるパフォーマンスだった。

「結局俺は、選手の言いなりだったね」

後ろから声をかけられ、新見は慌てて振り向いた。荻野が、困ったような笑みを浮かべて立っている。

「じゃあ、今日渋井選手が先発しなかったのも、彼の意向なんですか」

「そうだよ」荻野がキャップを取り、掌《てのひら》で額の汗を拭った。「あんたは意外に思うかもしれないけど、俺は東高に来て、意識を変えたんだ。もっと選手の自主性に任せてもいいんだよ。だから主将も投票で選ばせるし、レギュラーを決める時も選手の意見を聞く。それで上手くいってたんだから、こういうやり方も間違ってないと思うね」

「確かにずいぶん変えたんですね。前は……」

「俺は絶対君主だった。だけど、東高の選手は皆頭がいいからな。議論になったら勝てない」

荻野が声を上げて笑った。本気なのかどうかは分からなかったが……。

「まあ、あんたには一つ、謝っておかなくちゃいけないな。渋井は確かに肩を壊してる。昨日、初めて医者に行かせた。ドクターストップがかかったよ」

「じゃあ、うちの記事を見て先発をやめたわけじゃないんですか」新見は少しだけほっとした。自分でも矛盾しているとは思う……無理して欲しくないと思っていたのに、いざ渋井が投げないとなると、とんでもなく悪いことをしてしまったように感じていた。

「ちょっと書かれたぐらいでは何とも思わないよ、悪いけど」荻野がうなずく。「最終的に、投げないと決めたのは渋井本人だ」

「大学でも野球をやるって言ってましたよ。ここで終わりじゃなかったんですか」欲が出たのだろう、と新見は思っていた。自分の力は、もっと上のレベルでも通用する――この大会を通して、それを実感したのだろう。実力があるのに上を目指さないアスリートは、自分の心に嘘をついている。

「本人は、本当に終わりだと思ってただろうね。俺にもそう言ってた」

「やっぱり実力を試したいと――」

「あんたが学校に取材に来た時、俺がちょっと席を外しただろう？」

「ええ」突然言われたが、すぐに思い出した。携帯電話が鳴って、慌ててダグアウトから飛び出して行ったのだ。

「あの時、体育館で練習していた脇本が怪我したんだ」

「ああ……」

「膝をやっちまってな。靱帯《じんたい》を伸ばした。軽い調整の時に無理しなくてもいいのに、手抜きができない選手なんでね」

「それで次の日から試合に出られなかったんですね」

「そう」荻野がキャップを被り、素早くうなずく。「実はあの二人、中学の時からバッテリーを組んでてね。脇本は高校では野球をやるつもりはなかったんだけど、渋井が無理に誘って続けさせたんだよ。もちろん今では、脇本も納得してるけど」

「それと、今日のこととどういう関係が――」

「友情だよ、友情」荻野が乱暴に言った。言葉にするのが照れ臭いのか、わざとらしい口調ではあった。「渋井にすれば、脇本と一緒に甲子園に行って、最高のエンディングにしたかったんだろうな。言ってみれば、野球の想い出作りだ。でも、仮に甲子園に行けても、脇本は試合に出られるコンディションじゃなかった。となると、渋井の夢は中途半端に終わってしまう」

「まさか、それで今日の試合……」

「ここできっちり夢を完結できないんだったら、次のステージに行って頑張るしかないだろう。あいつらにとって、それは大学野球なんだよ」

「それで二人とも、あんな晴れ晴れとした顔をしてたんですか」

「脇本もえらく落ちこんでたからね。昨日の夕方、二人でずっと話しこんでたよ。結局渋井は、自分が投げないことを脇本に納得させたんだ」

「肩をちゃんと治して、大学でもプレーする。だからこの試合は投げない……よく、他の選手が納得しましたね」

「主将とエースが揃って、『今日は渋井は投げない』って決めちゃったんだから、従うしかないわな」

「監督も……」

「監督なんて、立場は弱いもんだよ」荻野が苦笑した。「実際に渋井の肩の調子はよくなかったしな。今日投げても打たれた可能性が高い。それだったら、無理させないのも手だよ」

「これでよかったんですか？　チャンスだったんですよ」

「あんた、全然別のことを書いてたじゃないか」荻野が苦笑する。「無理させなかったんだから、これで正解だったんじゃないか？　別に、記事のせいじゃないけどね」

新見は、訳が分からなくなっていた。この大会に途中で出場できなくなった友とまたプレーすることを優先して、大会自体を諦めてしまう……あまりにも大胆な発想だった。しかしすぐに、自分の考えの範疇《はんちゅう》にないだけの話ではないか、と思い直す。もしも自分が高校球児だった頃、渋井に対する脇本のような親友がいたら、状況は変わっていたかもしれない。

「あんたは部外者だ。ファンも、高野連も部外者だ。もしかしたら俺も部外者かもしれない」

「そんな。監督じゃないですか」

「でも、監督はプレーするわけじゃないからな。野球は結局、選手のものなんだよ」

新見の目は、他の選手たちと合流した渋井と脇本の姿を捉《とら》えた。泣いている選手もいるが、暗さはない。全員が、今日のことを納得しているわけか……ふっと肩の力が抜ける。部外者、その通りだ。自分たちが何を言っても、プレーするのは選手。外側であれこれ言っても、選手たちに影響を与えることはできないのだ。

あいつらが大学デビューする時は、何としても試合を観に行くぞ、と新見は心に決めた。

インターセプト

サードダウン・テン。二度の攻撃で前進《ゲイン》なし。攻守交替まであと二回の攻撃……十ヤードの前進が必要だ。

美浜《みはま》大ゴールデンベアーズのディフェンスの動きは素早く、分厚かった。まるでカーテン──襞《ひだ》の奥から、次の襞が湧《わ》いて出る感じである。

明央《めいおう》大フリーバーズのクオーターバック、矢嶋《やじま》は、じりじりと焦り始めた。第二クオーター終了まで、残り二分。前半も終わっていないのに、気分的には追いこまれた試合終盤の雰囲気だった。

今日に限って、やることなすこと、上手《うま》くいかない。

攻撃の司令塔である矢嶋は、素早くフィールド内を見回した。敵陣にわずかに入った地点で、エンドゾーンはまだはるか先にある。サードダウンでもゲインできなければ、次の攻撃ではパントで敵陣へ押し戻すしかない。この状況でのオプションは何か……この試合、選手を走らせるラン攻撃はことごとくゴールデンベアーズの分厚いディフェンスに阻まれ、ほとんど前進できていない。元々明央大は、ラン攻撃を中心にゲームを組み立てるのだが、それが上手くいかないが故に、今日はリズムが崩れていた。

だったらパスしかない。ギャンブルだが、やってみる価値はある。

そう決めた瞬間、コーチングボックスを見る。ヘッドコーチの河田《かわた》もパスを指示してきた。となると、使う選手は決まっている。まだ一年生で、アメフト経験は大学からというワイドレシーバーの徳田《とくだ》。しかしわずか数か月で、徳田は既にフリーバーズの切り札になりつつあった。

高校まで陸上短距離の選手だった徳田は、明央大に入ってアメフト部の門を叩《たた》いた。突然の入部の理由は、本人曰《いわ》く「陸上ではもう記録が伸びそうにないので」。ずいぶん後ろ向きな入部理由だ、馬鹿にしているんじゃないかと矢嶋は鼻白んだが、体力テストの結果を見て度肝を抜かれた。五十メートル、六秒フラット。百メートル十一秒六。計測時点で、チーム一の俊足だった。

元々短距離の選手だったので、筋肉質の体なのも有利だった。長距離の選手だと、余計な脂肪や筋肉を削《そ》ぎ落とし、修行僧のような細い体型になってしまうのだが、そういう体型はアメフトには向いていない。徳田の場合、相手にタックルされてもすぐには潰《つぶ》されない体格とボディバランスを既に持っていた。

早くも春のオープン戦から出場して、三試合で三つのタッチダウンを決めていた。それでもヘッドコーチの河田はあくまで長期的視野に立って大事に育てることに決めたようで、全試合には出場させず、春から夏にかけては基礎トレーニングを強いた。半年近い筋トレで、体はさらに大きくなり、今や完全にアメフト選手の体型になっている。なおかつ、スピードも死んでいない。

そして迎えた秋季リーグ戦。徳田はBブロックの公式戦に初戦から出場し、二試合で四つのタッチダウンを記録している。長く「ランのチーム」だったフリーバーズは、徳田を軸に、今後「パスのチーム」になるかもしれない、と矢嶋は想像している。もちろんその形が完成するのは、四年生の自分が卒業した後だろうが。

今年はいわば、お試し期間だ。ランからパスへ――その移行と同時に、チームは勝ちにいかなければならない。今日の調子の悪さは……チームの方針を変えようとする中で、バランスが崩れているからではないか、と矢嶋は読んでいた。中途半端は、やはりいい結果を生まない。

サインを確認してハドル《円陣》を組み、矢嶋はチームに作戦を伝えた。「S、20、3」。全員が揃《そろ》って両手を叩き合わせ、次のプレーを確認する。「S」＝ショットガンフォーメーション。「20」＝ワイドレシーバーへのパス。「3」＝奇数は左サイド、すなわち徳田を使う。

アメフトが他のスポーツと違うのは、ヘルメットを被《かぶ》っているせいで選手の表情がはっきり見えないことだ。スクリメージラインで直接敵と対峙《たいじ》する選手たちは相手の顔を間近に、正面から覗くことになるのだが……少し離れると、フェースガードが邪魔になってよく分からなくなる。

しかし、自分のすぐ横にいる徳田の表情ははっきりと見えた。

不安。

おいおい——アメフトを始めて数か月、キャリアから言えば確かにまだ素人同然なのだが、そんなに不安がることはないはずだ。そもそもアメフトは、大学になってから始める選手も少なくないのだし。徳田は既にチームにもプレーにも馴染《なじ》んでいるし、何より実績を上げている。ここ一番という時では、この男を使えば一気に距離が稼げるのだ。もっと堂々と、自信をもってプレーすればいいし、それがさらに技術の向上にもつながる。

「どうした」ハドルの時間は短いが、思わず訊《たず》ねざるを得なかった。矢嶋は試合中でも、細かいことが気になるタイプなのだ。

「いえ……」

徳田の答えはひどく曖昧《あいまい》に聞こえた。何か不安を抱えているのだが、その原因が自分にも分からないような感じ——しかし、矢嶋にはピンときた。

「一回の失敗ぐらいで落ちこむな」

「……はい」

弱々しい答えを聞いて、矢嶋は嫌な予感が胸の中で渦巻くのを感じた。経験の少ない人間に特有の自信のなさ——そのスポーツを完全に理解し、プレーの一つ一つの意味を頭ではなく体で分かるようになる以前の選手は、しばしばこういう陥穽《かんせい》にはまる。自分がやっていることが正しいかどうか、分からなくなってしまうのだ。経験を積めば、そういう不安はだいたい払拭《ふっしょく》されるのだが……。

だいたいあれは、徳田の失敗とは言えない。俺の失敗でもない。強いて言えば、相手が上手かったということだ。

相手――ゴールデンベアーズの守備の要《かなめ》、フリーセーフティの池本《いけもと》。長身で視野が広く、コンタクト能力にも優れている。まさにゴールデンベアーズにとっては最後の砦《とりで》である――その池本が、第一クオーターの七分過ぎ、インターセプトを成功させそうになった。

十数分前のそのプレーは、矢嶋の脳裏にもくっきりと焼きついている。

両チームとも無得点のまま、フリーバーズのフォースダウン・エイト。ゴールデンベアーズのエンドゾーンまでは五十ヤードだった。フリーバーズはこの試合最初のパスプレーを選択した。左サイドの徳田を走らせ、八ヤードをゲインするか、あわよくば一気にタッチダウンを狙《ねら》おうというプレー。

ショットガンフォーメーション。センターの宗像《むなかた》から矢嶋へのスナップは完璧《かんぺき》だった。ラインもしっかりゴールデンベアーズのディフェンスを阻み、矢嶋は余裕をもってフィールドを見渡した。左サイドを駆け上がった徳田がフリーになりつつある――鋭いステップを踏んで相手ディフェンスを幻惑し、楽にボールをキャッチできる位置まで来ていた。迷わず、低い弾道でパスを通す――通ったと思った瞬間、池本がどこからともなく現れた。素早く徳田の前に割りこみ、体を投げ出す。キャッチはできずにボールはフィールドに転がったが、とにかくパス失敗だ。フリーバーズはファーストダウンを獲得できず、攻撃権はゴールデンベアーズに移った。

あの時、池本はどこから現れたのだろう？

フェースガード越しの視界は意外に狭い。センターからのスナップを受けてから視野を拡くするため、余裕があれば二、三歩下がるようにしているのだが、それでフィールド全《すべ》てを見渡せるわけでもない。あの時、池本は死角になっていたスペースからいきなり姿を現したはずだ。

危ない、危ない……あとコンマ何秒かタイミングがずれていたら、インターセプトから攻撃は相手に移っていただろう。池本は体が大きい割にすばしこく、動きが巧みなのだ。

「気にすること、ないから」矢嶋は徳田に声をかけたが、フェースガードの奥の顔はまだ暗かった。「やる前から失敗すると決めつけるな」

「……はい」

やっと返事が出たが、不安な様子は消えていなかった。いい加減にしろよ、エースがそんなことじゃ、こっちも弱気になる。矢嶋は徳田の肩を思いきり強く叩いた。ショルダーパッドのせいで、ダメージはないはずだ。

セット。矢嶋は一瞬だけ顔を上げ、できるだけ広くフィールドの様子を視界に収めようとした。池本はずっと後方に位置している。まさに最終ライン。目が合ったような気がしたが、これだけ距離が遠いと、絶対にそんなことはない。気のせいだと自分に言い聞かせ、姿勢を低く保った。視線は宗像の股間《こかん》へ——ボールが出た。一斉に選手たちが動き出す。オフェンシブラインとディフェンスラインの選手が衝突した。宗像とオフェンシブガードの鈴本《すずもと》の間に、ゴールデンベアーズのディフェンシブタックルが割りこむ——と思ったら、一気にオフェンシブラインを突き抜けて迫って来た。距離があるから、すぐにクオーターバック・サックを食らうことはないが、このタイミングでパスは出せない。

徳田は——いた。左サイド前方で、コーナーバックは振り切ったものの、池本につきまとわれている。今投げたら、池本にインターセプトされるかもしれない。タイミングをずらすためにも、ディフェンシブタックルを完全に振り切らないと。

当然のことながら、ディフェンシブタックルは大柄な選手だ。百八十センチ、八十二キロの矢嶋よりも一回り大きい。その選手が猛スピードで迫って来る様は、ダンプカーの暴走を彷彿《ほうふつ》させた。正面に二歩。すぐさま身を翻し、右へ行くと見せかけて左へステップを切った。完全に振り切ることはできず、ディフェンシブタックルの右手が伸びてきたが、体をよじって何とか逃れる。

前方に空間が空いていた。瞬時に徳田の姿を探す。いた——前方十五ヤード地点。ラインが揉《も》み合っているポイントのすぐ上を、速いパスを通せば楽勝だ。そして徳田の前には広い空間が広がっている。

正確さを狙った軽いパス。右——フィールド中央部へ走る徳田の動きを読み切り、楽にキャッチできるポイントへボールは飛んだ。よし、これでいける——思わず右手を拳《こぶし》に握った瞬間、姿を消していた池本がどこからともなく現れる。スピードを抑え気味に走っていた徳田の背後から忍び寄り、壁を作るように前に出た。そこで一気にスピードを上げ、姿勢を低く保ったままボールをキャッチした。

矢嶋は瞬時に、顔から血の気が引くのを感じた。まずい——向こうサイドは手薄になっている。慌ててディフェンスに走ったが、ボールをキャッチした時に既にトップスピードに乗っていた池本を停《と》められる選手はいなかった。池本はライン沿いを一気に駆け上がり、そのままエンドゾーンにボールを持ちこんだ。ゴールデンベアーズ、先制。

秋の風が一瞬強く吹き、ヘルメットの中をすり抜ける。しかし矢嶋は、脂汗を流していた。

7点をリードされたまま、前半は終了。矢嶋はかっかしたまま、ロッカールームに戻った。誰も話しかけてこないのは、怒りのオーラが滲《にじ》み出ているからか。

クオーターバックにとってもっとも恥ずかしいのは、パスをインターセプトされることだ。もちろん原因は様々で、時には「偶然」もある。しかし今回は違うだろう。こちらの動きが完全に読み切られた、あるいはサインを盗まれた——。

いや……アメフトでサイン盗み、解読は普通はあり得ない。フリーバーズの場合、ヘッドコーチから出されるサインは、野球のブロックサインとよく似ている。キーになる動作を決めておき、それ以降に出されるサインが本物、という格好だ。ダミーも入れやすく、しかもクオーターごとにキーになる動作を変えるから、解読される恐れはまずない。ハドルで矢嶋がコールしている時に声を聞かれる可能性は……それもないだろう。相手に聞こえないように小声で告げるのが常だし、フィールド上は何かとざわついていて、それを聞き取るのは至難の業だ。それに、聞こえてもサインの意味が分かるとは思えない。

ロッカールームに戻ると、矢嶋は乱暴に自分のロッカーの椅子《いす》に腰を下ろした。ヘルメットを床に置き、両膝《りょうひざ》に肘《ひじ》を置いてうなだれる。ロッカールームの中はエアコンの効きが悪く、ショルダーパッドに守られた上半身が暑くてたまらない。一度脱いで、シャワーでも浴びたいところだ。不思議なもので、試合中は防具類の存在はまったく気にならないのに、ハーフタイムになるとひどく邪魔に感じられる。今日はひときわだった。

河田が集合をかける。矢嶋はのろのろと立ち上がり、輪に加わった。

リードされているとはいえ7点差なので、河田の表情に焦りはなかった。元々、感情の揺れが顔に出にくい男ではある。そうでなくては、アメフトのヘッドコーチなど、務まらないだろうが……。

河田が前半のプレーを分析し、後半はラン中心で攻撃を組み立てる、と宣言した。本来のフリーバーズのプレー。その指示に、矢嶋はかちんときた。「ランのチーム」と言われながら、矢嶋は去年までの三年、リーグのクオーターバックランキングで常に三位以内に入っている。去年は、パス成功率はトップだった。最終学年の今年は、もっとよくなるという自負がある。徳田という切り札を得て、ランからパスへと攻撃の中心がシフトしつつあるからだ。それ故、チーム内における自分の重みは去年より確実に増している。それにXリーグのチームへの入団も決まっているのだし、来年以降のことも考えて、今年はできるだけ自分をアピールしておきたい。

「――いずれにせよ、向こうも攻撃の決め手を欠いている。後半は、できるだけ早い時間帯に追いついておきたい。状況によってキックも使う」

河田が宣言して、ミーティングは終わった。まあ……勝つためにはそれも手ではある。フィールドゴールで3点ずつを積み重ねて逆転。ただしそうこうしているうちに相手がタッチダウンを決めて、リードを広げられてしまうかもしれない。

もちろん矢嶋も、フィールドゴールを軽んじているわけではない。何だかんだといって、一本のフィールドゴールが試合を決めることも珍しくはないのだ。実際、去年のリーグ戦最終戦では、2点ビハインドで迎えた第四クオーター残り一分、キックのスペシャリストである時田《ときた》が四十五ヤードのフィールドゴールを決めて、1点差で逆転勝利を収めている。その時田は今年も絶好調で、ここまで二試合を戦ってフィールドゴールの成功率は百パーセント。極めて安定している。

しかし、ここはやはりパスプレーで自分の存在価値を示しておかないと……そのためには、頭の中に生じた「謎《なぞ》」を解いておく必要がある。矢嶋は河田の下に歩み寄った。

「コーチ、サインが盗まれてませんか？」

「まさか。あり得ない」河田が一言の下に否定した。

「二回、パスが止められてます。ちょっと考えられない」

「ベアーズは、サイン盗みができるほど賢いチームじゃないよ」冗談のつもりかもしれないが、顔は笑っていない。

「そうかもしれませんけど……」河田が即座に否定する理由が分からなかった。三十五歳と若いこのコーチは、自分とも考え方が近いのだが。

「それに、最初のはインターセプトを狙ったとは言えないぞ。たまたま飛び出してボールをカットしただけだ」

「そう見えましたか？」

確かに河田の方が、フィールド全体を広く見ている。しかし矢嶋から見れば、あれはインターセプトと同じだった。あるいは「インターセプト失敗」と言うべきかもしれないが。池本はパスを叩き落としただけなのだ。

「気にし過ぎじゃないか」

「しかし……」

「インターセプトされると気分が悪いのは分かるが、気にし過ぎはよくないぞ」

「……ええ」

「とにかく後半は、キックをポイントで使っていくから、そのつもりで」

そう上手くいかないのがアメフトですよ……しかしコーチに向かって、そんな偉そうなことは言えない。矢嶋は自分のロッカーに戻り、スポーツドリンクをボトルに半分ほど、一気に飲み干した。髪を伝って垂れた汗が、コンクリートの床に黒い染みを作る。クソ、気に食わない。何だか、ゴールデンベアーズに——池本に馬鹿にされているように感じる。

隣に、センターの宗像が腰を下ろす。百八十センチ、百二キロの巨体なので、急に空間が狭くなったように感じた。

「コーチと何の話をしてた？」低い声で訊ねる。

「いや……」矢嶋は唇を舐《な》めた。言ってもどうしようもない話だが、言わざるを得ない。この男とは、付属高校時代からのつき合いなのだ。七年も同じチームでプレーしていると、隠し事はできなくなってしまう。

「何だよ」宗像が肘で矢嶋を小突く。それだけで体がぐらりと揺れた。彼のボディコミュニケーションは、いつも少しだけ大袈裟《おおげさ》だし、自分の体の大きさをよく忘れている。

「サイン、盗まれてないか？」

「さっきのインターセプトのことか?」さすがに宗像は、すぐにぴんときたようだ。

「ああ。その前にも一回……見られてると思う」

「サインなんか、簡単に盗めないぜ」

「分かってるけど、完全にパスコースに入られた」

「単に徳田をきつくマークしてるだけじゃないのか」

ライン同士のぶつかり合いに巻きこまれているお前には見えないだろう……マークというのは、完全に相手に張りつき、つきまとうことだ。しかし池本は「マーク」していなかった。まったく別の場所から、突然姿を現したのだ。二回とも。インターセプトできることが分かっていて、自分がマークされないように隠れていたとしか考えられない。

「そうは思えないんだ」

「考え過ぎだって」

「お前は考えな過ぎだろう?」

「そりゃそうだ」唖然《あぜん》とした表情を浮かべた後で、宗像が自分の頭を指さした。「こっちは頭ぶつけてばかりだからな。思考能力は小学生並みだと思ってもらわないと」

「サインを覚えるぐらいしかできないしな」

「分かってるなら、俺に期待するな」

さすがに笑ってしまった。つき合いの長い同期とのやり取りは、いつでも心を解《ほぐ》してくれる。

目の前を、徳田が通りかかる。元気がない。百八十二センチの長身なのだが、うなだれているせいか、ひどく小さく見えた。

「徳田」

声をかけると、びくりと体を震わせて立ち止まる。ちらりと矢嶋の顔を見て、深くお辞儀した。謝られているようで、何だか申し訳ない気分になる。矢嶋はボトルを摑《つか》んだまま、立ち上がった。

「お前は気にするな」

「いや……」徳田が唇を舐める。顔色は悪く、表情は暗かった。

「ああいうのは、クオーターバックの責任なんだ」

「いや、自分がしっかりしていれば」

「お前はしっかりしてるよ」矢嶋は、徳田の肩を拳で小突いた。「ポジション取りも間違っていない。向こうが上手《うわて》だったんだ」

「何でインターセプトされたんでしょう」

「それは……」矢嶋は言葉に詰まった。サインが盗まれている——その疑惑は消えていないが、根拠はないので、あまり強くは言えない。「お前、何か気づかなかったか？」

「何かって何ですか」

「いや、それは分からないけどさ……」

「はいはい、ここまで」両手を叩き合わせて、宗像が立ち上がる。「新人をあまり悩ませるなよ」

「悩ませてないよ」矢嶋はすかさず反論した。すぐに徳田に向き直り、真剣な表情を作って問い質《ただ》す。「向こうのフリーセーフティ——池本の動きに何か気づかなかったか?」

「いや、二回とも分かりませんでした」徳田が唇を嚙《か》む。

「そうか」

「いきなり目の前に出て来て……」

「そうだよな、そんな感じだったよな」

「振り切るつもりで走ったんですが」

「それは分かってる」矢嶋はうなずいた。「俺にはちゃんと見えてたよ。お前は頑張ってた」

徳田がさっと頭を下げる。肩を上下させて、ほっとしたように吐息を漏らした。きちんと評価されているのが嬉《うれ》しかったのだろう。

「後半はキックってコーチは言ったけどさ」矢嶋は声を潜めた。「キックじゃなくて、パスで攻めていくような場面を作るから」

「はい?」徳田の目が細くなる。ヘッドコーチの指示に逆らうのか、と疑念を感じているのは明らかだった。

「状況によっては、キックじゃなくてパスでいくのがいい時があるだろう？　それにお前にとっては、これがファーストシーズンなんだから。衝撃のデビューってやつをやらないと、駄目だ」

「はあ」徳田は、矢嶋の言葉にぴんときていないようだった。

「ほら、しっかりしろ」矢嶋はもう一度、徳田の肩を小突いた――今度はもう少し強く、徳田の体が揺れるほどに。「最初が肝心なんだよ。これから四年間、しっかりプレーしていくためには、このリーグ戦の前半が大事なんだ。要注意人物になるんだぞ」

「……分かりました」

納得していない様子だったが、徳田がうなずく。完全に自信を喪失しているな、と矢嶋には分かった。インターセプトでは、本来パスを受ける方はそれほど気にする必要はないのだが……サインミスをしたとか、足を滑らせたりしたのでない限り、責任を感じる必要はない。

しかし俺は、気にしなくちゃ駄目だ、と矢嶋は気持ちを引き締めた。チームのコントロールタワーとして、一つ一つのプレーの精度を磨いていかないと。

そうでないと、俺自身、将来に暗雲が漂う。Xリーグのチームでプレーするだけが目標ではないのだ。その先、やるべきことはいくらでもある。しかしまず大事なのは、来年から常時試合に出続けること。そのためには、この試合でも自分のプレーを関係者に印象づけなければならない。二度とインターセプトなどさせない。させてたまるか。

第三クオーターは、フリーバーズのキックオフから始まった。ゴールデンベアーズのリターンは……ゲインできない。キャッチした地点から十ヤードほど進んだところでつかまり、あっさり潰された。

矢嶋はベンチで腕組みしたまま、戦況を見守った。このままずっとゴールデンベアーズの攻撃が続けば、自分の出番は先送りになる。ファーストダウンを取り続け、それなりに前進できれば敵がフィールドゴールを狙ってくる可能性もある。

ゴールデンベアーズは、ごりごりとラン攻撃を続けた。ファーストダウンでランニングバックが二ヤード前進。セカンドダウンではランニングバックを走らせると見せかけてクオーターバックが突進し、五ヤードを稼いだ。ファーストダウンまで残り三ヤード。ここでまたランニングバックが走り、あっさりとファーストダウンを獲得した。

矢嶋はいつの間にか、自分が貧乏揺すりをしているのに気づいた。隣に座った宗像が、太腿《ふともも》をぴしりと叩く。下半身全体に衝撃がくるような一撃だった。

「苛々《いらいら》するな」

「する」

「おいおい――」宗像が苦笑したが、その顔は巨岩に亀裂《きれつ》が入ったようにしか見えなかった。

「とにかく――」

目の前を徳田が横切る。横切ったというより、風が吹き抜けたようなスピードだった。

ああ、気持ちは分かる、と矢嶋は思った。待機中も体を冷やさないようにしたいのだろう。

矢嶋がアメフトを始めた頃も、この「体が冷える」感覚は不安なものだった。攻守交替するスポーツといっても、試合展開によってはずっと待機状態が続く。その間に、体が冷えてしまう感じがしたのだ。実際には、そこまで出番が少ないことはないのだが……しかし徳田の顔を見た途端、矢嶋は彼が何を心配しているのか分かった。

体が冷えるのが怖いのではない。先ほどのプレーを反省し、今さらながらさらにスピードを磨こうとしているのだ――いや、これは言ってみれば「罰走」のようなものか。練習中にミスをして、終わった後に走らされる、あのきつい練習。

そんなに自分を追いこまなくてもいいのに――それにしても、速い。あのスピードに追いつける選手は少ないはずだ。

「あの足の速さがあったら、俺もワイドレシーバーをやってたよ」宗像が零《こぼ》した。「派手でいいよな」

「お前の体格で、あのスピードはあり得ない。あっという間に膝が壊れるぞ」実はこれは、本当はデリケートな話題である。宗像は実際、膝に慢性的な故障を抱えているのだ。二人の関係性だからこそ、気楽に話せる。

「分かってるよ……しかし、あいつがもう少しアメフトのことが分かって成長すれば、うちは黄金時代を迎えるな」

「来年からは俺とお前がいないけど」

宗像が顔を歪《ゆが》めた。そう、大学のチームは、どんなに上手くいっていても四年間しか続かない。実質的には、一年経《た》ったら完全に別のチームに生まれ変わる。来年のレギュラーのクオーターバック候補は二人。あいつらが、徳田を生かしてくれるかどうか……。

「徳田、あまり無理するな」

二度目に徳田が自分の前を通り過ぎた時、矢嶋は思わず声をかけた。徳田が急ブレーキをかけてストップし、振り返る。その顔には、やはり不安が浮かんでいた。まずいな……このままこの試合が上手くいかなければ、徳田は自信を喪失するだろう。貴重なチームの財産に、こんなところで傷をつけるわけにはいかない。しかし、自信を取り戻させるためには、プレーで何とかするしかないのだ。そのために必要なのは徳田の努力か、俺の工夫か——少なくともこのままでは、徳田の気持ちが逆転することはない。

スタンドに歓声が走った。慌ててフィールドに視線を向けると、フリーバーズのディフエンスチームが一斉に腕を突き上げ、ハイタッチを交わしていた。

「どうした?」肝心の場面を見逃してしまい、慌てて宗像に訊ねる。その宗像は既に立ち上がり、ヘルメットを摑んでいた。

「やり返したんだよ。こっちがターンオーバーだ!」

矢嶋もヘルメットを摑み、急いで被った。ターンオーバーしたと言っても、それでゲインしたわけではない。とはいっても、「やられたらやり返す」基本をディフェンスチームは守ってくれた。急いで河田の下に走り寄り、指示を確認する。

「焦らないで行こう。まず、確実にファーストダウンだ」

自陣二十五ヤード地点での攻撃再開。確かに、確実に距離を稼いでいくしかない。ビッグプレーで賭《か》けに出なければならないほど、点差は開いていないのだし。

しかし矢嶋の頭の中は、徳田をどう生かそうかという思いで一杯だった。

ファーストダウン・テン。攻撃のオプションはいくつもある。試合全体の作戦としては、ゆっくり押して行って時間を上手く使い、できればこのクオーターで同点に追いついておきたい。どちらもオフェンスのミスが多いこの試合、矢嶋は、勝負は最後の第四クオーターになるだろうと読んでいた。

河田の指示は、やはりラン。最初のハドルでその指示をしながら、矢嶋は徳田の様子を確認した。相変わらず表情は暗い。明らかに自信を失った様子で、ちらちらと地面を見詰めていた。

このままじゃ駄目だ。

しかし指示を出し直す間もなく、ハドルは解けた。ラインが作られ、宗像がボールを手にする。

一瞬の判断で、矢嶋はオーディブル・コールを叫んだ。作戦変更。

「ブルー!」数字とアルファベット以外の言葉は全て、ハドルで決めた作戦の取り消しを意味する。続いて「X、20、8、河田!」。Xは単なるダミーだ。「20」はワイドレシーバーへのパス、偶数の「8」が徳田への指示で、これは後半に入って変えたサインである。「河田」は特殊なサインで、フィールド中央付近へのパスを意味する。普通、オーディブル・コールでここまで細かい指示はしない。ほんの一秒ほどで、味方の脳裏に作戦を染みこませなければならないから、サインは単純なものに限る。

しかし今回は、試してみたいことがあった。

叫ぶ間、矢嶋はずっとラインの外側にいる徳田に視線を注いでいた。左肩が下がっている。そう言えば秋のシーズンでは、今日までの三試合、一度もオーディブル・コールをしていない。一度決めた作戦は貫き通してきた。あいつ、分かってるんだろうな、と不安になる。

スナップ。基本のIフォーメーションなので、矢嶋はセンターの宗像のすぐ後ろにつけている。ボールを受け取った瞬間、素早いステップで下がった。宗像たちラインは相手ディフェンスをよく食い止めてくれ、矢嶋に迫って来る選手はいない。

ゴールデンベアーズの守備陣形はカバーワン。最終防御ラインであるフリーセーフティの池本一人が、長いパスに対応するディフェンスだ。この時間帯、この位置、ファーストダウン——状況を考えると、長いパスはあり得ないから、この守備陣形は妥当だ。

矢嶋は素早く徳田の姿を探した。いた。既にぐっと前に出て、ラインバッカーの背後に回りこんでいる。教えたわけではないのに、徳田は最初からこの動きができていた。単純化すれば子どもの追いかけっこのようなものなのだが、徳田のスピードは、こういう状況でひどく有利に働くのだ。最初の一歩でトップスピードに乗る能力は、短距離出身の選手ならではだろう。

よし、フリーだ。徳田の右側、フィールド中央付近に近い方へパスを通せば、確実にファーストダウンにつながる。

だがその瞬間、矢嶋はファーストダウンを諦《あきら》めた。ここで次の攻撃に続けるよりも、確かめておきたいことがある。

やはり——一人で後方の広いゾーンを守っていたはずの池本が、突然姿を現す。徳田の背後から忍び寄るようにして、前に回りこんだ。予想通り。やはり池本はサインを読んでいるのではないか。そうでなければ、自分の守備範囲を飛び出し、あそこまで前に詰めては来ない。

矢嶋はパスを諦めた。スクランブル——ボールを持ったまま、自ら走り出す。右へ流れ、迫って来るディフェンスの選手をかわして、スクリメージラインを越えた。そこから三歩進んだところで摑まり、フィールドへなぎ倒される。

「何やってるんだ、お前」手を引っ張って引き起こしてくれた宗像は、怒りの表情を浮かべていた。オーディブル・コールで作戦変更、さらにパスを捨ててランに走った。宗像にすれば、矢嶋が勝手なプレーで和を乱したとしか思えないだろう。

矢嶋は、ヘルメットをくっつけるようにして、小声で宗像に告げた。

「やっぱりサインが読まれてる」

「解読されたのか?」フェースガードの奥で宗像の顔が歪んだ。

「そうとしか思えない」

本当に? 野球なら、サインを解読するのは難しくないかもしれない。ピッチャーが投げられるボールの種類には限りがあるし、それが決まればあとはコースの指示ぐらいだ。しかしアメフトの場合、攻撃のオプションはほぼ無数にあると言っていい。フリーバーズも、比較的頻繁に出されるサインだけで三十種類、滅多に使われないものまで含めると五十を軽く超える。しかも試合ごと、試合中でも前半後半で変えるから、たとえ今のようにコールを直接聞いたとしても、すぐに分かるはずがない。

「あり得ないな」宗像が首を振る。「他に何か考えられないか？」

考えるのはお前の役目だ、とでも言わんばかりの口調だった。確かに、それこそクォーターバックの仕事かもしれないが……試合中には、考えている暇などないものだ。もっと直感的に、何かを感じ取る——しかしこの試合では、ぴんとくるものがなかった。

「池本は目がいいからな。こっちの動きをよく読んでるだけじゃないか？」

「今、何て言った？」矢嶋は宗像に詰め寄った。

「いや、だから池本は目がいいって——」

「分かった」

「何が？」宗像の目に疑念の色が浮かぶ。

「いいから、俺に任せろ」

セカンドダウン・セブン。河田はまたも「ラン」のサインを出した。二度続けてサインを変えたら、さすがに河田も激怒するだろうと考え、矢嶋は素直に指示に従った。ハーフバックの牧内《まきうち》を走らせ、三ヤードのゲイン。ファーストダウンまで残り四ヤードになった。牧内は好調で、確実にゲインを稼いでくれる。この状況なら、一度冒険してもいい。矢嶋はサードダウンである作戦を試すことにした。

河田のサインを無視し、またパス攻撃を選択する。ハドルに集まった選手たちの間に戸惑いが広がったが、無視した。

「とにかく一度やらせてくれ」

全員が納得したのはありがたい話である。去年までの俺だったら、ここまで図々《ずうずう》しくはなれなかったと思う。三年生と四年生では存在感の重みが違うのだ。下級生のクオーターバックは、猛獣使いのようなものなのだ。何かと煩《うるさ》い上級生を宥《なだ》め、おだてて自分の思い通りに操る――さすがに今年は、そこまで気を遣うことはなくなった。

ハドルが解ける直前、徳田の腕を摑んで引き寄せる。

「姿正に気をつけろ」

「はい？」

事情が分からない様子の徳田に、矢嶋は簡単に事情を説明した。話を聞いた徳田の顔面が蒼褪《あおざ》める。まさか、そんな単純な話とは……。

「まだはっきりとは分からない。とにかく一回試してみよう」

「それで――」

「当たったら、その先のことはちゃんと考えてある」

「分かりました」まだ蒼褪めたまま、徳田がうなずいた。

ショットガンフォーメーション。コーチングエリアから、河田が何か怒鳴っているのが聞こえる。申し訳ないです、コーチ――矢嶋は頭の中で謝った。ショットガンは、主にパス攻撃に対応したフォーメーションである。だけどここは、見逃して下さい。目の前の一ヤードを得ることより、大事な問題もあるんです。

ラインが組まれた瞬間、矢嶋はオーディブル・コールを叫んだ。「X、20、3！　河田！」。一瞬、徳田の背中を見詰める。いつもと同じ。なるほど……意識すればできるわけだ。

長いスナップ。いつもより一歩下がった位置でボールを受ける、と宗像には告げてあった。律儀に――というか正確に、普段より少し強いボールがくる。胸のところでキャッチし、矢嶋はさらに二歩下がった。予定通り、徳田はディフェンスラインの背後に既に回りこんでいる。池本が見えないのもいつも通りだ。本当は、ここで自分がしっかりとらえておけばいいのだが。そうすれば、池本を混乱させるようなプレーもできる。だがここは、取《と》り敢《あ》えず予定通り。

左からゴールデンベアーズの選手が迫って来る。矢嶋はスパイクが芝を噛む感触を確かめながら右へステップを切り、斜めに走りながらパスを投げた。綺麗《きれい》にらせん状に回転したボールが、スクリメージラインの上を越えていく。

一瞬動きを停めた徳田が再スタートした。コーナーバックとラインバッカーが二人がかりで詰めて来る。だが巧みなステップで二人を振り切ると、サイドライン際まで一気にダッシュした。矢嶋のパスはフィールドを斜めに横切るように、サイドラインぎりぎりに飛んでいる。徳田はキャッチ後の動きを考えたのか、途中でスピードを緩めた。このまま走っていたら、ボールをキャッチしても、勢い余って飛び出してしまう。踏みとどまれるスピードでボールをキャッチできれば、まだサイドライン沿いにゲインできるはずだ、と読んだのだろう。

その判断が、ゴールデンベアーズのディフェンスにつけ入る隙《すき》を与えた。一度は置き去りにされたコーナーバックが、身を翻してまた徳田に迫る。背後から来るディフェンスに気づかない徳田は、ボールをキャッチした瞬間に腰の辺りに強烈なタックルを受け、ラインの外へ押し出された。勢い余って、そのままコーナーバックと二人、もつれ合うように倒れこんでしまう。

しかし、ファーストダウンは獲得した。今の十五ヤードほどのパスで、敵陣近くにぐっと食いこんだ格好になる。指示を無視したので、後で河田には怒られるだろうが、結果的にはファーストダウンを取り、今後の展開を有利に進められるようになった。

予感は確信に変わりつつあった。実験終了というわけではないが、取り敢えずしばらく、河田の指示に従っておこう。

ハドルに入る前、矢嶋はコーチングエリアの河田に視線をやった。これは……怒っている。腕組みしたまま、両足を肩の幅よりも少し広げて踏ん張っている。かなり距離があるのだが、顔が真っ赤になっているのも分かった。滅多なことでは怒らない男なのだが、今日は間違いなく雷が落ちそうだ。それを少しでも先延ばしにするためには、この攻撃をひたすら続けていくしかない。時間の按配《あんばい》ができるタイミングではないが、ぎりぎりまでボールを持ち続け、第三クオーターが終わる直前に得点するのがいいのだろうが——。

こういう思惑は、あっさり崩れるものだ。何百試合も経験してきたのに、矢嶋は時にジンクスを忘れてしまう。上手く行き過ぎた後には、必ず失敗がくるのだと。まるで徳田など存在しむきになったように、河田は連続してラン攻撃を指示してきた。まるで徳田など存在していないかのように。

次の攻撃で、サードダウンまではじりじりと前進を続けることができた。しかしファーストダウンまで残り一ヤードとなったフォースダウン、フリーバーズは失敗した。ハーフバックの牧内を走らせ、正面突破する作戦に出たのだが——ジャンプするように突っこめば一ヤードぐらいは簡単に稼げる読みだった——オフェンシブラインがあっさり割られた。牧内は二人がかりで潰され、押し戻された形で攻撃権をゴールデンベアーズに渡してしまう。

クソ……矢嶋は時計を見た。第三クオーターは残り五分。攻撃を上手くコントロールされたら、もう自分の出番はないかもしれない——それより何より、チームエリアに戻って河田の説教を聞くのが辛《つら》かった。

河田の怒りはまったく収まっていなかった。依然として顔は赤く、このままだと脳の血管が切れるのでは、と心配になる。

「お前、どういうつもりだ？」

「すみません」下手に言い訳するよりはと、矢嶋はすぐに頭を下げた。試合に勝つこと――徳田を生かしていくことに比べたら、こんなことは何でもない。

「二度もサインを無視して、どういうつもりなんだ」

説明のチャンスぐらいは与えられているのか？　矢嶋は河田の目を真《ま》っ直《す》ぐ見詰めた。一瞬気圧《けお》されたように、河田が唇を引き結ぶ。

「どうしてインターセプトされたか、分かったんです」

「どういうことだ？」

「今、説明します」

ヘルメットを小脇に抱えたまま、矢嶋は小さく深呼吸した。一気に話し終えると、河田が困ったように目を細める。

「それは、修正できるのか？」

「この試合に限っては。でも、今後はもう少しきちんとやらないと駄目でしょうね。今はできても、次の試合ではできないかもしれません。練習で何とかするしかないと思います」

「で、この試合ではどうするつもりだ？」

「考えていることがあります」

　矢嶋は自分の作戦を話した。一度しか使えない手だが、突破口になるのは間違いない。もしも上手くいけば、一気に得点に結びつく。

「確信はあるのか？」

「あります」九十パーセントというところだが、矢嶋は胸を張った。ここは我を通すために、どうしても強気を見せなければならないところだ。

「……分かった。次の攻撃で試してみろ」

「了解です」

　矢嶋はオフェンスチームを集めて事情を説明した。一人徳田だけが蒼い顔をしていたが、それはむしろ滑稽《こっけい》な感じだった。

「早いうちに分かってよかったんだぞ」

　宗像が、徳田の背中を平手で叩く。徳田は思わずよろけて、前に一歩出てしまった。

「味方を怪我《けが》させるなよ」矢嶋は思わず文句を言った。この男の頭の中に「力加減」という言葉はない。

「分かった、分かった」宗像が不満そうに唇を尖《とが》らせる。

「よし、それじゃ聞いてくれ」矢嶋はオフェンスチーム全員の顔をさっと見渡した。「次の攻撃で試してみたいことがある。これが上手くはまれば、俺の考えが正しいことが証明できると思うんだ。そのためには、徳田、お前にダミーになってもらわなければいけない」

緊張した表情のまま、徳田がうなずく。申し訳ないな、と矢嶋は一瞬後悔した。この試合の目的は二つになった。一つは勝つこと、もう一つは徳田をきちんと育てること。どちらを優先するかと言えば勝つことなのだが……いや、仮に次の攻撃がタッチダウンにつながっても、まだ同点のチャンスになるだけだ。逆転、さらに追加点を奪ってゴールデンベアーズを突き放すためには、必ず徳田の足が必要になる。

——と言おうと思ったが、徳田の顔つきが少しだけ緩んでいるのに気づいて矢嶋は言葉を呑《の》みこんだ。後輩に気を遣うのが嫌な訳ではないが、何も言わずとも理解してもらえるのはありがたいことだ。それでこそチームではないか。

ゴールデンベアーズは、ファーストダウンを取れなかった。ディフェンスチームが頑張り、結局五ヤードのゲインを許しただけで攻守交替になる。ちょうど五十ヤード付近からの攻撃再開。何でもできる位置だが、やることは決まっている。

ノーハドル。すぐにラインを作り、攻撃の準備を整える。徳田は特に緊張した様子も見せず、敵ラインの一番右外側についた。よし……これでいい。

ショットガンフォーメーション。徳田の左肩が下がり、体が傾いている。よし、いいぞ……いつもの位置でボールを受け、矢嶋は後ずさりした。ゴールデンベアーズの池本が何か叫ぶ。予想通りだと、矢嶋はフェースガードの奥でにやりと表情を崩した。徳田に、フリーになったつもりにさせて——その先では池本が網を張っている。

矢嶋は左側に体の向きを変え、パスを投げる振りをした。その瞬間、池本がするすると徳田の前に出て来るのが見えた。

引っかかった。

敵ディフェンスが迫るのを軽いステップ一発でかわし、すぐに体の向きを変えて逆サイドに短いパスを送る。右のワイドレシーバー、野本《のもと》がラインの裏側に出ていた。ゴールデンベアーズのコーナーバックが迫っていたが、ぎりぎりでパスをキャッチする。直後に倒されたがボールは放さず、あっさりファーストダウンを獲得した。

矢嶋は拳を握りしめ、同時に池本の姿を探した。徳田のすぐ近くにいて、両手を腰にあて、盛んに首を捻《ひね》っている。当たりだ——これはひとえに、宗像のお陰である。あいつは確かに、視野が広いわけではない——センターだったら、相手チームのノーズガードしか見えていないのが普通だ——が、それでも機会があれば相手チームの選手をよく観察している。もっとも、池本が「目がいい」のは、リーグの選手なら誰でも知っていることだが。むしろそれに気づかなかった自分の間抜けさを矢嶋は呪《のろ》った。

ハドルを組んだ時、宗像がにやりと笑った。

「当たり、だな？」

矢嶋は親指を立てて見せながら、コーチングエリアに目をやった。河田は何故《なぜ》か憮然《ぶぜん》とした表情を浮かべていたが、理解できないでもない。こういうことは、本来ならコーチやスタッフが気づいていて然《しか》るべきなのだ。

河田は「パス」のサインを送ってきた。まだファーストダウンで攻撃権は四回あるから、ギャンブルする必要もないのだが、ここが一気に攻めこむチャンスだと気づいたのだろう。

「徳田、次は絶対に姿正を変えるな」釘《くぎ》を刺してから、矢嶋はサインを出した。全員が手を叩き合わせ、気合いの声を上げる。

そう、池本は徳田の「癖」を見抜いていた。自分にパスが来るサインが出ると、左肩が下がってしまう癖。緊張から、無意識のうちにそうなってしまうのだろうが、池本はそれにいち早く気づいたのだろう。もしかしたら、前の試合のビデオを見て、発見したのかもしれない。宗像の言ではないが、本当に「目がいい」。味方の自分でさえ、その癖には気づいていなかったのだ。

徳田はぴくりとも動かない。癖を抑えるのは大変だろうな、と矢嶋は思った。前のプレーでは、わざと肩を動かして、徳田のところにボールがくると、池本に勘違いさせたのだが……。

今度は逆の勘違いだ。

宗像のスナップはいつにもまして完璧。ハーフバックの牧内がフェイクで切りこんでくるのも予定通りだった。牧内とクロスした後、矢嶋は左へ一歩を踏み出し、徳田の姿を探した。速い。もうコーナーバックを振り切って、サイドライン際を駆け上がっている。そして池本の姿はない——今までは、ここから突然現れ、パスコースを塞《ふさ》ぐ格好で徳田の前に出たのだが……いない。完全に他のプレーだと勘違いしている。

徳田のスピードと距離を瞬時に計算し、矢嶋はパスを投げた。完璧だ、と自画自賛する。サイドラインの少し内側、徳田が取りやすい位置にボールが飛ぶ。逆サイドに走りかけていたらしい池本が慌てて走って来たが、これは絶対に間に合わない。

徳田がスピードを緩め、体を少し捻った。ほぼ横向きの姿勢でボールをキャッチすると、前方には広い空間が空いている。誰も邪魔する者がいない、徳田の独壇場——徳田のスパイクがしっかり芝を噛み、一気にトップスピードに乗るのが分かった。池本が必死に追いすがるが、純粋なスピードではまったく勝負にならない。瞬く間に引き離し、サイドライン沿いに一直線に走っていく。

エンドゾーンに走りこんだ徳田が、ボールを持った左手を掲げる。こちらを振り向いた顔……目が笑っているように見えた。こんなに簡単に——いや、元々簡単なことなのだと矢嶋は思った。徳田は、自分たちにとって最高の切り札である。他の選手とはレベルが違う走り。フリーになれば、間違いなく得点に結びつく。

その徳田が、もう少しアメフトのことを学べば――矢嶋はフェースガードの奥で思わずにやりと笑った。

お楽しみはこれからだ。

失投

やっちまったか――織田光流《おだみつる》は舌打ちして、やりの行方を見守った。上がり過ぎた……正確に分かるわけではないが、四十五度ぐらい？　一般に三十五度から四十度が一番飛距離が出ると言われているから、間違いなく失敗だ。少しだけリリースが早かったか？　ベストのリリースのタイミングは分かっているのに、常にそれができないのがやり投の難しさだ。

投げ終えた姿勢のまま、やりの軌道をずっと追い続ける。そう……予想通り上がり過ぎで、途中から急に失速してしまう。これは伸びない。全然駄目だ。両手を膝《ひざ》につき、肩に芽生えたかすかな違和感に耐える……まずいかもしれない。まだ世界陸上への派遣設定記録にも達していないのに。

織田は今季、不調のままシーズン入りした。前シーズンの終盤に傷めた肩が、なかなか復調しない。シーズンオフには治療とリハビリ、筋トレに集中して回復を待ったのだが、シーズン本番が始まっても一向に成績が上向かなかった――痛みの恐怖が根強く残っていたのだ。

日本選手権を前にして、痛みこそ完全に消えたものの、簡単には調子が戻らない。いい時のイメージを取り戻そうと、二年前の日本選手権のビデオを何度も見返してしまうのだった――その時織田は、自己の持つ日本記録を更新した。

あの時、二十六歳。体力的にはピークだったかもしれないが、やり投は体力だけの勝負ではない。基礎体力以上に大事なのが技術。だから、三十歳を過ぎてもまだ記録を伸ばせるはずだと信じていた。

しかし、肝心のこの大会で、穴にはまってしまっている。

七十五メートル十五。

すっぽ抜けた感覚があった割に、距離は伸びた。しかしこれでは駄目なのだ。

織田はフィールドに刺さったやりを一睨《ひとにら》みして、ベンチに戻った。汗をかいているわけではないが、タオルで顔を一拭《ひとふ》きする。一投ごとにこうするのが、いつもの決まった「儀式」だった。前の試技を忘れ、次に向かうための、記憶抹消の動き。記録がどんなによくても悪くても関係ない。やり投は、安定しないのだ。常に同じコンディション、同じフォームで投げ続けるのは至難の業で、前の試技の失敗も成功も、次に生かすのが難しい。まあ、そういうことを上手《うま》くやれる選手もいるが――若いライバル、山藤《やまふじ》とか。

あいつは機械のような男だ。

織田はゆっくりとジャージを羽織った。特別寒いわけではないが、日本選手権には二十人がエントリーしており、自分の順番を待つ時間が長い。その間ずっと体を動かしているわけにはいかないから、体を冷やさないためのジャージは必需品だった。

ベンチに腰を下ろす。半透明のかまぼこ型の屋根がついているので、きつい陽射《ひざ》しは脳天には直接当たらない。だが午後も遅いこの時間になると、西陽が正面からもろに射しこんでくるので、まぶしくて仕方がなかった。

一瞬意識を競技から遠ざけ、周囲をぐるりと見回す。今はちょうど、やり投と並行して一万メートル、さらに幅跳びが行われている最中だ。戦っている方は自分の目の前のことに集中しているだけだが、観客は大変だな、とふと考える。一万メートルは、当然トラックを一杯に使うし、やり投はホームストレッチ側から見て右側、幅跳びはバックストレッチ正面で行われている。全部の競技を同時に見ることなどできないし、逆にどれか一つに集中しようとしても気が散る。

この中では自分たちが一番地味だな……そう考えると、思わず苦笑してしまう。仮にも日本選手権なんだぞ。日本一を決める大会。しかし、一投ごとに大きな声援が起こるわけでもなく、いい記録が出てもどよめきは控え目だ。

複数の競技が同時並行で行われるのは、中学校時代から当たり前のことだった。こうしないと、とてもスケジュールがこなせないことも分かっている。でも、何とかやり投だけを見てもらうことはできないだろうか。なかなかメジャーになれない競技を多くの人に認知してもらうには、そういう方法がいいのだが……自分だけがやきもきしてもどうにもならない。その手の作戦には、メディアの協力が必須だし。

メディアといえば……実は織田は、数か月前に、大学の先輩・清野《せいの》に本気で相談したことがある。清野は陸上部で同じ釜《かま》の飯を食った仲間で、卒業後は陸上とはまったく関係ないテレビ局に就職していた。今はスポーツ局のディレクターで、特に力を入れているのが、深夜のスポーツ番組である。三十分のノンフィクションなのだが、時間帯が遅いせいでさほど視聴率を気にしなくていいためか、普段あまりメディアに露出しない競技の選手を積極的に取り上げ、ヒューマンストーリーを作っている。

しかし清野は、勢いこんで話す織田を軽くいなした。

「やり投は、なあ」

その曖昧《あいまい》な一言で、「やる気はない」と宣言したも同然だった。必ずしも「絵になりにくい競技」ではないのだが……別に自分がテレビに出たいのではなく、織田は自分が愛するこの競技をもっとメジャーにしたいだけだった——もっとも今は、そんなことを言っている余裕はない。まず、世界陸上に出られるかどうかがポイントなのだ。

全員が三投目を終えたところ。現段階では、二投目で自分が出した八十一メートル三十五がトップにきている。しかしこれはまだ、派遣設定記録にも参加標準記録Aにも及ばない。

世界陸上への参加条件は、非常に複雑だ。参加標準記録Aを満たし、かつ日本選手権で優勝。あるいは派遣設定記録をクリアし、かつ日本選手権で八位以内に入賞。今季の織田は、どちらにもまだ届いていない。二投目の八十一メートル三十五は、参加標準記録Aまであと一メートルほどなのだが、やり投はここから先が難しい。微調整であと一メートルを伸ばすのは非常に難しいのだ。実際、三投目では失敗してしまったし。

「今、頑張っちゃいましたか？」

隣に座った同じクラブの後輩、田代《たしろ》が話しかけてきた。これから伸びるであろう期待の星で、織田も何かと目にかけているのだが、とにかくお喋《しゃべ》りなのが困る。誰とも話したくない——集中力を高めたい時に限って、平気で話しかけてくる。そして何度注意しても言うことを聞かない。

「ちょっとな」煩《うるさ》いと思ったらその瞬間に雷を落としておけばいいのだが、そこまで強く言えないのが自分の弱点だ。話しかけられると、つい返事してしまう。田代を睨んで、「これ以上話しかけるなよ」と無言で圧力をかけながら、織田はタオルで手を拭いた。指先の感触はいつも通り……問題は、肩に生じた疲労感のような違和感か。筋肉の奥深くに巣食っている感じだった。また故障したのか、ただの筋肉疲労なのかは分からない。こういう深いところを怪我《けが》すると、面倒なんだよな……しかも、去年の故障とはまた別の場所である。まさか俺は、もう頂点から転落してしまったのだろうか。そして怪我との戦いで競技人生を終えるのだろうか。

思わず身震いする。

「力、すごい入ってましたよ。本当に頑張り過ぎたんですね」

こいつは……相変わらず平然と話しかけてくる。お前に教えてもらわなくても、自分でよく分かってるんだよ——そう、頑張り過ぎたんだ。

この「頑張る」感覚は、たぶん普通の人には理解できないだろう、と織田は常々思っている。同じ投擲《とうてき》競技でも、砲丸投やハンマー投の場合、自分の筋力をいかに効率的に使うかがポイントだ。だからまず、使える筋肉を増やすトレーニングが基本になる。だがやり投の場合、それに加えてさらに重視されるのがテクニックである。例えば……野球のピッチャーでも、ボディビルダーのような選手はあまりいない。野手に比べれば、むしろ細身と言っていいだろう。大事なのは「柔らかさ」。それがないピッチャーは、往々にしてただの棒球を投げるだけになってしまう。体全体を柔らかく使い、腕をしならせるように投げるピッチャーの方が、ずっと威力のある速球を投げられる——しかし感覚が近いだけで、ピッチングとやり投がまったく同じというわけではない。遠投百メートルを記録するピッチャーにやりを持たせても、驚異的な記録が出るわけではないし、やり投の選手がピッチャーに転身しようとしても、それまでの実績はほとんど関係ないだろう。やはりまったく別の競技なのだ。

やり投のテクニックは人それぞれで、教えるのも教わるのも難しい。結局は自分で感覚を覚えていくしかないのだが……「頑張り過ぎてはいけない」というのは、やり投を始めたばかりの選手が最初に教わることだ。むきになって力を入れても、かえって失速してしまう。程よいパワー、バランスの取れたフォームが大事……力任せに投げるだけでは、どうにもならない。

それでもついむきになってしまうのが、選手の悲しさだ。織田は中学でやり投を始めて以来、既に十数年間続けているのだが、大きな大会になればなるほど、「頑張り過ぎてしまう」ことが多い。予想外の失投になったり、ファウルを犯したり——そういう失敗は枚挙に遑《いとま》がない。もしかしたら、確実性では他の選手にずっと劣るのではないだろうか。だが時に、全てがぴたりとはまって誰も追いつけない距離を投げる。

「お前、早く準備しろよ。もうすぐだぞ」

「オス」田代がジャージ——色は、二人が所属する「静岡ＳＣ」のチームカラーである派手な紫——を脱いだ。こいつはどちらかというと、筋骨隆々に仕上げてきた選手だ。人並み以上にストレッチをやり、確かに体は柔らかいのだが、何というか……バランスが悪い。筋肉が邪魔して、スムースな投げ方ができなくなっているようなのだ。うちは、コーチもあまり口出ししないからな……静岡ＳＣは、よくある実業団のチームを母体とするものではなく、元々純然たるアマチュアの集まりである。純アマチュア時代の「自分たちで考えて何とかする」という気風が未《いま》だに残っているのだ。そして田代は、筋トレが大好きである。競技のためというより、ほとんど趣味の領域だった。織田は、必要最低限しかやらないのだが。

もっとも故障してからは、筋トレをもっと熱心にやっておくべきだった、と悔やんでいる。元々、小さい故障はたくさんあったのだ。その都度何とか誤魔化し、最悪の事態には至らなかったのだが……故障はやはり肩、それに肘《ひじ》が多かった。周辺の筋肉を強化し、それで故障しにくい体を作ることもできたと思う。今さらそんなことを悔やんでも何にもならないが。

ゆっくりと両腕を上げ、下ろす。左、右の順番で肩を回してみると、やはり、右肩の奥に小さな違和感があった。あくまで痛みではなく、違和感。引っかかり。そう言えばＳＣの早川《はやかわ》コーチが、最近四十肩に悩まされているのだが、こんな感じだろうか。

顔はしかめなかったよな、と心配になる。やり投は基本的に、孤独な――記録だけとの戦いだ。駆け引きもクソもなく、一番遠くへやりを飛ばした人間の勝ち。だがもちろん、他の選手の顔色を窺《うかが》うことはある。調子はどうか、どこか故障していないか、少し上手く投げられたからと言って、調子に乗って浮かれていないか――もちろん、それが分かったからと言って、対策が立てられるものでもないのだが。試合中に、さりげない一言で相手にプレッシャーをかけたり、嫌な気分にさせることもできるのだが、そういうのは織田の好みではなかった。

電光掲示板を見上げる。場内の東西に二か所ある掲示板には、随時各競技の結果や途中経過が映し出されるのだが……今は、全員が三投目を終えたやり投の途中経過が出ている。自分の名前が一番上にあったが、まだまだ安心できない。とにかくもっと記録を伸ばさないと、世界陸上に出場できないのだ。常にレベルの高い国際大会に出て、自分にプレッシャーをかけ続けること——最終的にオリンピックで戦うためには、タフな環境に身を置かなければならない。国内で記録が伸びず、世界へ出ていけないなど、問題外だ。

二番目には山藤の名前。自分との差はわずか一メートルで、いつ逆転されてもおかしくない。

山藤は、今年東体大《とうたい》の大学院に進学して、そのまま練習の場を大学に置いている。陸上の名門だから、予算が厳しい今の実業団より、練習環境はよほどいいだろう。大学に籍を置いて練習を続け、次のオリンピックを狙《ねら》ってくるはずだ。

その山藤はベンチに座らず、腕組みしたままグラウンドを凝視していた。おりしも、田代が四投目に入るところ。三投目を終え、上位八人のみが次の試技に挑む。投げる順番が変わり、田代が一番目、自分は最後になる。

田代は、短い助走で投げるタイプである。トラックのすぐ外側から助走を始め、勢いのある加速のパワーをそのままやりに乗り移らせる——失敗だ。やりが手を離れた瞬間、織田は悟った。わずかに体が浮いてしまっている。あれでは距離は出ない……案の定、やりの先が必要以上に上を向いてしまっている。田代は例によって、「ああ！」と気合いの雄《お》叫《たけ》びを上げたが、まったく後押しにならなかった。

結局、七十メートルを少し超えたところに着地する。田代は両手を膝に置いたままがっくりとうなだれ、顔だけを上げて着地点を確認していた。

もう少し落ち着かないと駄目だな……田代は集中力を高めるのに苦労するタイプである。先ほども、一万メートルの選手たちが通過するのを待っている間、あからさまに不満そうな表情を浮かべていた。こんなのはよくあることだから、気にしなければいいのに。織田には、彼の頭の中がはっきり読めた。「もっと競技のスケジュールをちゃんと考えろよ」「遅れてる選手、さっさと行け。そうじゃなければ棄権しろ」。他人の前では絶対にそんなことは言わないが、酒が入ると愚痴がこぼれ出す。

山藤は、やりが落ちたのを見て、すっと顔を逸《そ》らした。元々あまり他人の記録を気にしないタイプのようだ。まさにやり投向き。ただひたすら、自分の記録と向き合う。しかし内心では、相手を馬鹿にしているのではないかと織田は疑っている。試合の時には絶対に言わないが、競技場の外で話すと、だいたい余計な一言をつけ加えるのだ。「あそこで力が入るのは意味が分からない」とか、「顔面真っ青でしたよね」とか。揶揄《やゆ》する感じではなく、冷静に分析して報告するような口調なので、本音が読めないのだが。

山藤が、ジャージを着たままストレッチを始めた。柔らかいな……と驚く。前屈して両の掌《てのひら》をグラウンドにつけ、それでもまだ余裕がある感じだった。二度、三度と繰り返し、それから思いきり背中を反らす。両手を後ろについてブリッジをすると、たぶん綺麗《きれい》な半円になるだろう。

ぱっと直立の姿勢に戻ると、軽くジャンプする。さらに両手、両足を順番にぶらぶらさせると、首をぐるぐると回した。投擲系の選手にしては細身の体型で——身長は百八十五センチある——パワーがそのまま飛距離につながるわけではないという、やり投の理屈を体現するような選手である。

ちらりと山藤の顔を見やった。無表情。少なくとも、本音は読めない。こういうのも困る……個人競技、記録との戦いと言っても、ライバルの心情が読めないと、やはり不安になってくるのだ。

それでもまだ、山藤が余力を残しているのは分かった。ここまで、七十四メートル、七十六メートル六十、七十八メートルと結果を揃《そろ》えている。この安定性が山藤の特長だった。世界の一流選手でも、必ず試技のうち何回かは失敗するものだが……山藤の場合、六回投げれば、ほとんどが五メートル程度の差に収まる。とんでもない記録を叩《たた》き出すことはないが、大崩れしない。そして大抵は、試技の度に記録を伸ばしていく。

織田にとっては不気味な存在である。もちろん、自分の方が強いと意識しているのだが……。今の日本では——ここ数年の日本では、ライバルと呼べる選手はいなかった。問題は、自分の中にある。六回試技のチャンスがあれば、一回は必ずベストの投げ方で距離を稼ぐことができる。しかしファウルも多い。要するに波があり過ぎるのだ。もちろん、試合の持って行き方は人それぞれで、ベストの一投ができれば途中経過はどうでもいいのだが……。

前回のオリンピック前には、山藤はまだ上り坂に最初の一歩を踏み入れただけの存在だった。織田の日本記録には遠く及ばず、オリンピック出場もかなわなかったが、去年から急に記録を伸ばしてきた。織田が故障で苦しんでいる間に昨季の国内ベストを叩き出し、織田の持つ日本記録にあと一メートルと迫ってきた。自分では投げられなかっただけに、不気味なプレッシャーを感じたものである。自分は間違いなく、近い将来にピークを迎えてしまう。無敗のまま、自身の持つ日本記録を破られないまま現役を退くのがベストだ、などと考えていたのだが、それも今や危うい。

一気に引き離しておかないと……この男だって、能面のような表情の裏には激しい感情を隠し持っているだろう。追いつけないほどの圧倒的な距離を出せば、気持ちも折れてしまうはずだ。

一番手で四投目を投げた田代が、うなだれながら戻って来た。

「駄目でした」

「体が浮いたじゃないか。最後、飛びあがってたぞ」試合中にアドバイスしてもそれが生かせるとは限らないのだが、後輩が苦しんでいるのでつい言ってしまった。「頑張り過ぎたな」

「次、助走長くしてみます」

「変わったことをやるなよ。いつも同じペースでいけ」少しは山藤を見習えよ、と言いかけて言葉を呑《の》みこむ。ライバルを見本にしろとは、口が裂けても言えない。

「次、頑張ります」

「頑張ったら駄目だろうが」

この男はいつも力が入り過ぎる。肩の力を抜くことを知らないのだ。昔——中学までは野球をやっていたというが、多分下手だっただろうなと思う。野球だって、常に全身に力が入っていたら、上手くいかないはずだ。最後の最後、ピッチャーならボールをリリースする瞬間に全力をこめられるよう、それまでは力を溜《た》める。

さて、そろそろ俺の番か……織田はダンベルカールをやる時のようなフォームでやりを両手で握り、二度、上下させた。これもいつもの癖。別に負荷を与えているわけではない。やりは八百グラムほどで、硬式用の野球のバットよりも軽いのだ。

織田は時々、やり投の記録について考える。一九八〇年代、やり投の技術は飛躍的に向上し、ついに記録は百メートルを超えた。しかしこれは「飛び過ぎ」の危険を伴う。試合中、他の競技の選手に当たってしまう可能性が出てきたのだ。そのためやりの重心位置が変更されて、飛距離が出なくなるように工夫された。その結果、現在公認されている記録は全て、一九八六年以降のものである。何だか違和感を覚える話だ。陸上の記録は本来、純粋に数字で表され、選手の進化が明確に記録されるものなのだが……やり投の場合は途中で断絶している。しかしやりの変更後も記録は伸び続け、今や世界の一流選手は九十メートル台を投げる。自分はまだまだそれには及ばないわけで——改善の余地はある。

あっという間に順番が来た。

織田は助走を一杯に取るタイプである。スピードをそのまま飛距離に乗せようというわけではなく、どちらかというとリズムの問題だ。

フェンスに背中を預ける格好で立つ。一万メートルの選手たちは、まだ集団を作ったまま、ちょうどグラウンドの反対側を走っている。いいタイミングだ。さっさと投げよう。織田はだらだら待つのが嫌いなのだ。集中力を高めるのに時間はいらない。

頰《ほお》を膨らませて勢いよく息を吐き出し、やりを肩に担ぎ上げる。重さの感覚は身に染みついているのだが、いつもの癖で二度、上下させた。よし、いい感じだ……記録が出そうな予感がする。やりが掌にしっくり馴染《なじ》んだ感じがした。

行くぞ。

最初の三歩は意識して大股《おおまた》に。それでトップスピードに乗り、体を上下させないように意識しながら助走を続ける。助走路の端が見えてきたところで、最後のステップ。いい、これはいい。右腕がいつになく綺麗に振れている。程よい負荷が腕に伝わり、完璧《かんぺき》な角度でやりをリリースできたのが分かった。これは――行く。八十メートルを軽く超えて行く。

四十度の完璧な角度で舞い上がったやりは、ぐんと伸びた。先が上がり過ぎていないのはいい感じで……一瞬、織田は頰に風を感じた。よし、天まで俺に味方してくれている。わずかな向かい風の時が、一番距離が伸びるのだ。気まぐれな風まで、俺の応援をしてくれている。

投げ終え、やりを後押しするように大声を上げる選手もいるが、織田はそれをやったことはない。物理的に距離を伸ばせるなら何でもやるが、気合いでやりは飛ばないと信じている。

おお、というどよめき、それに続く珍しい拍手の波を織田は聞き取った。よし、いった。手ごたえ通りの飛距離――八十四メートル五十。派遣設定を超えた。これで世界陸上出場は確定で、取《と》り敢《あ》えずの目標は達成したのだが……。

肩が痛い。先ほどまでの違和感は、今や完全な痛みに変わりつつあった。

「パスですか？」田代が体を寄せて聞いた。

こいつは……自分のことも覚束《おぼつか》ないのに、妙に鋭いところがある。俺が肩を傷めたことに気づいたのか？　だとしたらたぶん、投げ終えて右肩を大きく回した時だ。そんなことは、やり投の選手なら誰でもするもので――肩を解《ほぐ》したりフォームの確認をするためだ

――一見しただけでは何も分からないはずだが、鋭い人間なら、痛みを隠していることに気づくかもしれない。少しだけ顔が歪《ゆが》んだとか。まったく、余計なことを言ってくれるよ。言われるとさらに痛みを意識する。

「何でパスしなけりゃいけないんだ」織田は怒りを押し殺して小声で聞き返した。

「いや、だって、もう世界陸上確定じゃないですか。ここでは無理しない方がいいんじゃないですか」

そういうことか……ここから先は、記録を伸ばすために投げても「無駄」になる可能性がある。今の一投で試合を終えて、後は体力温存というのも立派な作戦だ。

織田は今まで、試技をパスしたことはなかった。何となく、試合放棄するような感じで嫌だったのである。だが今日はどうするか。無理して投げたら、故障が再発――いや、去年とは別の故障をするかもしれない。ここで意地になって投げ続けても、誰も褒めてくれないのだ。何より自分のためにならない。それでも、六回のチャンスがあれば、全《すべ》て試すべきだという「基本」は崩したくなかった。まだ記録が伸びるかもしれないし。

織田は慎重にジャージに袖《そで》を通した。ゆっくりと、余裕たっぷりに見えるように……地面と水平に腕を動かしている分には何ということもない。だが、そこから上に上げてみると、刺すような痛みが肩に走った。鋭い、思わず顔が歪むほどの痛み。その表情を誰かに見られなかっただろうかと、織田は周囲を見回した。田代は五投目の試技に入ろうとしている。山藤はストレッチの最中だ。

ほっとして、何事もなかったかのように平静を装う。織田は先ほどの四投目の山藤の試技を思い出していた――。

リリースの瞬間、「う」とうめくような声を上げるのが彼の特徴である。その後で、体を左に九十度回転させるようなフィニッシュ。あまり褒められたものではないが、投げ終えた後の動作なので、距離に影響は出ないのだろう。

これは――くる。また伸ばしてくる。織田は思わず目を見開き、やりの行方を追った。記録を期待して、スタンドに「おお」という歓声が上がり始めた。日本選手権とはいえ、陸上の大会を見に来るのは、選手の関係者か、よほどディープな陸上ファンだけである。それ故、記録が出るか出ないか、一瞬で見抜くのだろう。

伸びて――頂点を越え、ゆっくりと落下してくる。織田はそれまで止めていた息をゆっくりと吐き出した。派遣設定記録には及ばないのが分かった。それでも八十メートルは確実に超えてきそうだ。記録員が慌てて着地地点に駆け寄り、計測を開始する。

八十二メートル。やはり一気に伸ばしてきた。織田は、冷汗がこめかみを伝うのを感じたのだった。直後の自分の派遣設定超えの記録で山藤を突き放すことはできた。だが、山藤の本領はここからなのだ。

山藤が織田の座るベンチに近づいて来た。例によって無表情。額に薄《うっす》ら汗が浮いているだから。


が、疲れも焦りも見えない。ちらりと織田を見たが、特に何も感じていないようだった。

　こっちのことなんか、眼中にないのか……まあ、いい。今は圧倒的に優位に立っているのだから。

　織田はベンチに腰かけ、少し背中を丸めた。田代の次の選手が、もう投擲準備に入っている。投げた瞬間、失敗したな、と分かった。リリースが早過ぎ、思い切り上がってしまう。あっという間に失速し、六十メートルを超えたところで落下した。完全な失投だ。これがあるから、やり投は怖い。

　自分の足下を見詰めながら、何とか気持ちを落ち着けようとした。今日はもう終わり。これでいいのだ。世界陸上には出られるのだし、何より肩の痛みをケアしなくては。今は落ち着いているが、無理してはいけない。去年の故障と関係あるのかどうか……ここはどうしても慎重にいかなければならない。

　去年の故障は、本当にこたえた。何度も「引退」の二文字が頭をよぎったものである。まだ体力的なピークにいるし、やり投はテクニックを磨くことで競技人生を長くできるはずだが、故障は全てを奪ってしまう。

　何より、なかなか診断がつかなかったために、焦りがひどくなったのだ。最悪、メスを入れなくてはならないのではと考え、ぞっとしたのを覚えている。今は内視鏡手術の技術が向上しているので、昔よりもずっと復帰が早いと言われているが、さすがにリハビリには時間がかかる。やりから離れていればいるほど、感覚が失われていくわけだし——幸い、手術はしないで済んだ。基本的には休養で治したわけだが、それ故、完治していないのでは、という恐怖はついて回る。

だからこそ無理はできない。

医者との会話を思い出す。

「あんたね、やり投の選手は故障しやすいんだから、早めにケアしないと」

「そのタイミングが分からないから困ってるんですよ」

「自分の体のことなのに、自分で分からないのかね」

むっとしたものだが、事実だから仕方ない。肩、肘、手首……上半身だけではなく、下半身の故障も少なくなかった。小さな故障が積み重なって、結局駄目になってしまった選手を、織田は何人も見ている。自分の場合、放《ほう》っておけば治ってしまうようなものばかりだったから、故障を舐《な》めていたのかもしれない。もしかしたら、今まで気づかなかっただけで、小さな故障が蓄積され、去年の大きな故障につながったとか……そして今また、経験したことのない肩の痛みに襲われている。

よし、やはり今日はこれでやめよう。五投目、六投目はパスだ。世界陸上は決まったのだから、あとは無理しないこと——いや、そもそも明日、病院へ行かなければ。去年、自分を治療してくれた医者に、早く診てもらおう。「故障は早めにケアしないと」というアドバイスに従うのだ。ご指示の通り、すぐに来ましたよ、と皮肉をぶつけてみたい。

医者が嫌いだから、そんなことを考えるのだが。

山藤は相変わらずベンチには座らず、立ったまま。ジャージも着ないで、ひたすら体を動かし続けている。前屈し、アキレス腱《けん》を伸ばし、首をぐるぐる回して――そうすることで体を冷やさないようにしているのだ。

俺はもういいか……織田はジャージの下も穿《は》いた。少しむっとするほどの暑さを感じたが、どうでもいい。今日はもう店じまいなのだ。

急に気持ちが萎《しぼ》むのを感じる。目標は達成したから、体のことを考えて試合を自ら終わりにする――これも立派な作戦だ。自分の目標は、必ずしも日本選手権で勝つことではない。もちろん、ここで勝たなければ意味はないが、視線の先には世界がある。日本人選手がなかなか一線に立つ機会がない投擲競技だが、自分ならやれるという自信はあった。八月の世界陸上は、その試金石。当然、そこから先、二年後のオリンピックも見据えている。やり投をメジャーにするために頑張らなければ。

まだまだ戦える。だから今、無理はできない。これでいいんだ。

織田は頭の中で、報道陣向けのコメントを考え始めた。このまま優勝すればインタビューもあるだろうが、それとは別にコメントを考えなければならない。陸連が選手から聞き取ったものを書き起こして、一階にある記者室近くの「コメントボックス」に投げこんでいくのだ。

「去年の故障の影響もあって、今季はスロースタートだったが、調子は徐々に上がってきていた」

これはいいな……事実そのままだし、隠すことはない。

「今日はとにかく、記録を伸ばすことだけを考えた。故障は心配していなかったし、コンディションもよかったので、いける自信はあった。自己ベストに及ばなかったのは残念」

少し傲慢《ごうまん》か？　いや、これぐらいはいいだろう。技術的な話もあるのだが、それは盛りこまないことにした。スポーツ紙でも、専門的な話は端折《はしょ》ってしまうことが多い。スポーツ紙の主な読者は野球ファンやサッカーファンだろうが、そういう人たちは、陸上の細かい技術的な話になど興味がないはずだ。そういうことをがっちり語れるのは専門誌で、そちらの記者たちは紙で出されたコメントに頼らず、ちゃんと取材してくるだろう。

さて、一般紙向けのコメントは……。

「世界陸上では、是非自己ベストを更新したい。これから二か月でコンディションを整えて、最高の調子で望みたい」

まあ、こんなもんだよな。しかし、もう少し喜びを爆発させた方がいいかもしれない。仮にも日本選手権で優勝となれば、感情をぐっと前に押し出したコメントを出すべきではないか。最初に優勝した時のように……意識が、コメントのことから、あの頃の想《おも》い出《で》に飛ぶ。

織田は、二十二歳の時に日本選手権で初優勝した。当時の第一人者、日本記録保持者である矢澤《やざわ》に競り勝っての優勝である。矢澤はその時、三十三歳。選手としてそろそろ下り坂になってくる年齢だったが、織田の前に大きく立ちはだかる壁ではあった。大きな大会で何度も直接対決していたが、勝ったのはその時が最初である。以来、織田はトップに立ち続けている。日本選手権では、去年故障で出られなかったのを除けば五連勝。山藤がぐっと伸びてくるまで、国内に敵なしの状態だった。

矢澤さんか……織田は、彼とは直接の上下関係はない。高校も大学も別だ。自分が中学でやり投を始めた頃から、既に日本のトップにいた憧《あこが》れの選手、というだけの存在である。自分の力が伸びて、試合で戦うことになっても、ろくに話もできず……顔を見る度にやけに緊張して、肩が凝ったのを覚えている。矢澤も、特に自分に話しかけようとはしなかった。試合で戦っている間は互いに無視し合う選手同士でも、競技場を離れればよく話し、呑みに行ったりするものだが、矢澤はそういう気安いタイプではなかった。

というより、織田のことなど眼中になかったのかもしれないが。

その矢澤が、初めて織田に負けた日、試合の後で急に話しかけてきた。

「あと、頼んだぞ」

最初はその一言だけ。何のことか分からず、憧れの選手に急に話しかけられた驚きもあって、織田は「はあ」と間抜けな返事しかできなかった。後々考えてみれば、それは「王位継承」の儀式だったと思う。

矢澤はその後も試合には出続けたが、織田は二度と彼に負けることはなかった。二年後、織田が日本選手権での連勝を「3」に伸ばした後で、矢澤は引退を表明した。

彼が引退を表明してから、初めて一緒に呑む機会があった。その時に矢澤は、熱く語ったものである――織田が知らない素顔だった。

「記録を狙えよ。記録を出さないと、世界では勝てない」

「駆け引きもクソもないんだ。やり投は自分との戦いなんだから」

「やり投は体格や体力の勝負じゃない。だから、日本人でも絶対に外国人に勝てるはずだ」

「若い選手を育てて、もっとメジャーにしよう」

そりゃそうだ……矢澤の言葉は全て正論だった。織田はその時もまだ、矢澤と二人で呑んでいるという事実に緊張して、生返事しかできなかったのだが、言葉の一つ一つは胸に染みこんでいる。日本のやり投を世界レベルに――だからこそ、今自分は無理をすべきではないと思う。ここで故障でもしたら、世界陸上で力を発揮できないだろう。それでは、矢澤の教えに背くことになる。

これでいいんだ。後はパス。

　織田はタオルを顔にかけ、ベンチの背もたれにゆっくり背中を預けた。心地好《よ》い疲労感が全身に満ちている。肩の痛みは……今は感じない。たぶん、一瞬だけのことだったのだろう。今日無理しなければ、仮に故障であってもひどいことにはならずに済むような気がした。

「やっぱりパスですか」田代が言った。

　織田は顔からタオルを引き下ろし、目を細めて田代を見た。

「お前、記録は」

「七十三メートル二十」

「人のことより、自分の心配をしておけ」

「ま、そうなんですけど」

　田代はどこか不満そうだった。自分の心配――彼の場合、心配しなければならないのは、ひたすら記録を伸ばすことだ。今年の成績では、世界陸上にはまず出られないし、とにかくまだ若い。伸びしろがあるのだから、余計なことは考えずに自己ベストを更新し続けるように集中すべきだ。それなのにこの男は、しばしば集中を切らしてしまう。試合中なのに、こうやって人に話しかけてくるのがその証拠だ。俺のことを気にしているようで、実は自分の成績が心配で仕方ない。気持ちを外へ向けるより、内側に落としこまなければならないのだが……。

「俺は、今日は終わりだ」田代の態度に不満を覚えながら、つい宣言してしまった。

「お疲れ様です」田代がにやりと笑う。「これで世界陸上、確定ですよね」

織田は言葉を出さず、ただうなずくだけにした。それは事実なのだが、言葉にすると当面の目標が指先からするりと逃げてしまいそうな気がする。もちろん、そんなことはあり得ないのだが……。

とにかく言葉にすることで、自分の決心は他人に知れた。今日はこれで終わり、それでいいと思う。そう考えると、気持ちが緩み始めた。いつも試合後だけに感じる、弛緩《しかん》。同時に、二か月後の世界陸上へ向けて、やるべきことを頭の中でリストアップし始めた。とにかく医者へ行って無事を確認しなければならないが、その後はひたすらトレーニングだ。二か月後をピークに持っていくためのやり方は分かっているが、より綿密に計画して、微調整を続ける必要がある。自分は山藤と違って機械のように正確に投げられないから、なかなか予定通りに進まないのだ。

とにかく一度リセットだな。明日は医者に行くにしても、基本的に休養日にしよう。それができるのが自分の強みだと思う。練習を完全に休む日を作るには勇気がいるのだが、織田は気持ちを簡単に切り替えられる。休日といっても、没頭するような趣味もなく、自分の試合のビデオを観て一日が終わってしまったりする。

山藤がまたストレッチを始めた。この男にとって、今日の試合はまだ終わっていない。

やる気満々に見えないのは、いつも通りの山藤だ。

だからこそ怖い。感情を露《あらわ》にしない選手は、織田にとって常に謎《なぞ》の存在だった。

行った。

織田は思わず腰を浮かしてしまった。山藤の五投目。完璧な助走、フォーム、リリース。やりが手を離れた瞬間、相当伸びていくのが分かった。しかも、頬に風——自分が八十四メートル五十を投げた四投目に感じた、かすかなアゲインストの風がやりに揚力を与え、後押しする。

天もあいつに味方したか。

スタンドのざわめきは、先ほど自分が八十四メートル五十を投げた時よりも大きい。織田は、やりが頂点に達した辺りで、完全に立ち上がっていた。確実に八十メートルは超えてくる。後はその先、どこまで伸びるか……スタンドで今日二度目の拍手が爆発した。記録はすぐには出ないが、これは……八十五メートルに届いたのではないか。

記録——八十四メートル五十九。

スタンドの歓声と拍手が一段と大きくなった。織田が持つ日本記録まで、あと四メートル弱。

おいおい——織田はゆっくりとベンチに腰を下ろした。あいつ、まだ伸ばしてくるのか。

こういう試合展開は、織田には考えられない。六投のどこかでベストの記録を出せればいい、という緩い計画だ。だが山藤は、まるで機械仕掛けのように、一投ごとに距離を伸ばしてくる。普通、こんなことはできないもので……織田にとっては謎の存在だった。

「マジすか、あれ」

自分の順番を待って立ち上がった田代が、唖然《あぜん》として言った。

「間違いないな」

「日本記録、届いちゃうんじゃないですか」田代が言って、慌てて織田を見た。「いや、別に織田さんの記録がどうこう言うわけじゃないですけど」

「あいつには最後の一投が残ってる」

残っているから、記録を破りそう？　そんなことは分からない。一投ごとに距離を伸ばしてきたからと言って、次も伸びる保証はないのだから。

これであいつも、世界陸上の出場は確定だな。初めてか……世界陸上には、オリンピックとはまた違う緊迫した雰囲気がある。それをあいつに教えてやるべきだろうか。山藤は、俺と違って自分を完璧にコントロールできる選手のようで、雰囲気に呑まれることはないだろうが。

それに、「伝える」のは何か嫌な感じがする。矢澤が初めて自分に話しかけてくれた時、彼は密《ひそ》かに引退を決意していたのではないかと思う。「頼んだぞ」と言ったのが王位継承の儀式になって――冗談じゃない。自分はまだ現役ばりばりの選手なんだ。山藤は若いライバル。自分の理想やノウハウを伝える意味はない。

山藤が戻って来た。

いつも織田と目を合わせようとしないのだが、この時だけは違った。涼しげな目つきは、たった今八十四メートル五十九を投げた人間のそれとは思えない。まだまだ余力がありそうだった。

そして織田を見る目は――意味が分からなかった。あんたには負けないという闘志が見えるわけではなく、今の記録を自慢する感じもなく……本音が読めない選手は、本当に相手にしにくい。

山藤が初めて、ベンチに腰を下ろした。しかも織田の隣。距離は空いているが、彼の体温さえも感じられそうだった。ちらりと見ると、前屈《かが》みになって膝に肘を乗せ、前方を凝視している。まだ呼吸が整わないようで、肩が軽く上下しているが、疲れた感じではない。あくまで、自分のペースでクールダウンしている感じ。それが余裕を感じさせ、織田は不気味なものを感じた。

こいつ、本当に今日、俺の日本記録を塗り替えるんじゃないか。

俺が矢澤の記録を抜いたように。

ここが「王位継承」の場所になるのか？　まさか。俺はまだ若い。これからも記録を伸ばせる。こんなところで抜かれるわけにはいかない――いやいや、駄目だ。余計なことを考えていてはいけない。俺の当面の目標は世界陸上。そのために、今は無理をしてはいけない。「ここ」にいながら、「別」のステージを見ていることはよくあるのだ。高みを意識することで、自分を引っ張り上げられるのだから。

山藤がすっと顔を上げる――気配が伝わってきた。直接見えていないのに分かるのは、それだけ今の彼が発する気配が濃厚だからだろう。息遣い、鼓動、全てが感じられるようだった。

それに比べて自分はどうか……まるで自ら気配を消してしまったようなものではないか。もうここにいる意味はない。しかし故障したわけではないのだから、試合途中で抜け出すこともできないのだ。後は山藤の六投目を見届け――もしかしたら、自分の記録が更新されるのを目の当たりにすることになる。

山藤が立ち上がった気配がした。思わず首を捻《ひね》り、そちらを見る。目が合った。何故《なぜ》か、織田を見下ろすようにしている。その目に宿る感情は……相変わらずよく分からなかったが、悲しんでいるような気配がある。

「山藤」

試合中、自分から他の選手に話しかけることは滅多にないのだが、織田は思わず声を出してしまった。山藤がすっと目を細める。立ち上がって向き合うと、二人の身長はほぼ同じだと気づいた。自分の方が体重はあるようだが……山藤は何も言わない。むしろ、織田の次の言葉を待っているようだった。

何を言えばいい？　ここで王位継承の儀式をするのか？　まさか。今日は負けるかもしれない——いや、俺が六投目をパスすれば、間違いなく負ける。お前だって、どうして俺が五投目のパスを審判に告げたか、理由は分かってるだろう。素人じゃないんだから……何でそんな目をする？

「何か言いたいのか？」思わず問いかけてしまった。もしかしたらこいつは試合中は極端な無口で、自分からは何も言わないタイプかもしれない——ある意味、俺と似ているのではないか。

「いや——」山藤の声は意外に甲高かった。「世界陸上、よろしくお願いします」

「ああ……おう」そういう話か。案外礼儀正しいというか、とにかくちゃんとしてるんだな。そんな風に言われて悪い気はしない。

「じゃあ、次がありますんで」

それだけ？　山藤が例によってストレッチを始めようとするのを見て、織田は啞然とした。次がありますって……まるで俺にはないみたいな言い方じゃないか。

むっとしたが、五投目をパスしたのだから、次もないと考えるのは自然だろう。そう、次がない——諸般の事情を鑑《かんが》みて。これは立派な作戦であり、卑怯《ひきょう》なことでも何でもない。

中学校の大会からオリンピックまで、どこでも通用する話だ。

だが何故か……何故だろう、まるで自分が逃げたように感じてしまう。

あの目だ。山藤のあの目。

ふと、自分が初めて矢澤と直接対戦した時のことを思い出す。長年、目標としてきた選手を前にして、どうしていいか分からなくなってしまった。要するに、舞い上がっていたのだ。実際、矢澤にそう告げたこともある。矢澤は「俺は憧れのアイドルじゃねえよ」と豪快に笑ったものだが……山藤は本当に無口なだけだろうか。

ストレッチを始めた山藤をちらりと見る。また目が合った。何だか恨めしそうな……織田は思わず立ち上がって、山藤に近づいた。

「お前、最後まで俺と競りたかったのか」

山藤は何も言わない。遠慮しているのは明らかで、目の端がひくひくと痙攣《けいれん》していた。

「俺の目標は世界陸上だ。だから今は無理しない。これで納得するか？」

山藤の口が開きかけた。が、すぐに唇は一本の線になり、緊張した真顔になってしまう。

耳が赤くなっているのに気づき、織田は山藤の本音を読み当てた、と分かった。別に嬉《うれ》しくもないが……気持ちは分かるが、どうしようもない。故障は怖いし。

「投げないんですか」山藤が遠慮がちに訊《たず》ねる。

「投げない」

「どうしてですか」

「それは、お前——」肩の痛みについて言うわけにはいかない。だが、あまりにも無邪気に山藤が訊ねたので、織田は呆気《あっけ》に取られてしまった。

「やらないんですか」問いかけというより、懇願のようだった。

お前、それはないよ……選手には一人一人、事情があるんだ。俺の目標は世界陸上。出場は決まったようなものだから、もうこれでいいんだ——その時突然、脳裏に矢澤の顔が浮かぶ。

あの人は、今日もこの競技場に来ているに違いない。現役を引退した後は実業団チームでコーチをしているから、大会の度に競技場に顔を出すのだ。

見られている。俺の試技全てに注目していたかどうかは分からないが、状況は分かっているはずだ。五投目をパスした理由についても……矢澤は、決してパスしない選手だった。パスしないことを己の信条としていた節がある——彼にその理由を聞いたことがあった。

「だって、記録を出すために投げるんだから。パスしたら、自分からチャンスを捨てることになるだろう」

突然蘇《よみがえ》ってきた彼の言葉が、脳を貫く。捨てる——嫌な言葉だ。こういう戦術は卑怯でも何でもないが、やり投の基本的な精神からはかけ離れているのではないか。ただひたすら、自己ベストを伸ばすだけ。他のことは全て「邪念」と言っていいのではないか。俺は何がやりたいんだ？　何のためにやり投をやってる？

「クソ」

小声で吐き捨てると、耳聡《みみざと》く聞きつけた山藤がびくりと体を震わせる。それを見て苦笑しながら、織田は自分のやりを手にした。触っていないと感覚が失われてしまうこともあるのだが、今日はまだ大丈夫。体は温まって、肩も解れている。痛みは……分からない。今は何も感じないが、もしかしたら投げた瞬間に全てが終わりになるかもしれない。

いや、終わらせないさ。ここで山藤を叩き潰《つぶ》して、世界陸上でも勝ちを狙う。痛みが出ても、本番までの二か月で必ず治してやる。

「六投目、投げるぞ」

山藤が慌てたように顔を上げる。その顔には笑み——笑みに近いような表情が浮かんでいた。

「そんなに嬉しいか」

山藤は何も言わなかった。まあ、こいつに緊張感がある間は、まともな会話は成立しないということだよな。少なくともしばらくの間は。織田はジャージを上下とも脱いだ。少し気温が下がり、肌寒さを感じる。右肩を思い切り回してみた——オーケイ。痛みはない。先ほどの引っかかりは、たまたまだろう。そういうこともある。

「あの」山藤が遠慮がちに声をかけてくる。

「何だ」

「何で急に投げる気になったんですか」

お前を叩き潰したいからだ――そんな本音は吐けない。試合中に、相手にプレッシャーをかけるために乱暴な台詞《せりふ》を口にするのはルール違反だ。

「先生に怒られたんでね」

「は？」

「何でもないよ」

見えなくても矢澤は俺の先生だ。そしていつか、矢澤の言葉を山藤に伝える日が来るかもしれない。

いつか、だ。遠い先の未来だ。今ではない。今日は、俺がお前を完璧に叩き潰す日だ。

ペース
ダウン

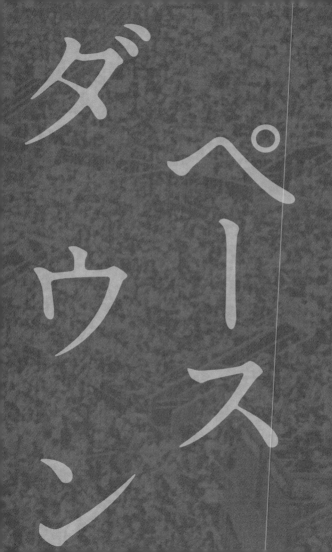

練習と本番は違うとよく言われる。

それはその通りだと、東体大四年生の穴川拓《あながわたく》は実感していた。練習だと、いくらでも自分を追いこめる。だが本番では……他人によって追いこまれる感じだろうか。ペースが摑《つか》めない。最初の十キロは、まさにそんな走りが続いた。

東京オリンピック記念マラソンは、国立競技場をスタート・ゴール地点に、甲州街道をひた走り、調布で折り返すコースである。かつての東京オリンピックのマラソンを再現するこのコースは、全域がほぼフラットで走りやすい。多少のアップダウンがあるのは、国立競技場の近くだけだ。スタートで、そこを完全に自分のペースで駆け抜けられるランナーはいない——監督の村崎《むらさき》からは、事前にそう教えこまれていた。いいか、無理に先頭に立とうとするな。あそこで力を出し過ぎてしまうこともあるんだから。集団の中で、怪我《けが》しないで無事に走って直線コースに出ればいい。本当のレースはそこから始まるんだ。

言われた通りだった。時には揉《も》み合いになるほど混み合う集団の中で、自分のペースを保つのは不可能だった。意識したのは、ひたすら集団から遅れないようにすること、そして誰かとぶつからないようにすることだけ。自分のペースもクソもない。

新宿を過ぎると一転して一気に道が開け、走りやすい直線コースになる。その時点でトップ集団は数十人の選手で構成されていて、誰かが脱落する気配はまったくなかった。それが十キロ地点まで続いていく。

記念マラソンの十キロ地点は、甲州街道が環八にぶつかる直前にある。京王線の上北沢駅近く。片側二車線、街路樹が一直線に立ち並ぶ道路は見通しがよく、走っていて快適だ。仮に一人で走っていてもいいペースになるだろうが、集団となると互いに影響を与え合って、練習では出せないようなスピードになっているのが分かる。前、そして横の選手と肘《ひじ》が触れ合いそうな密集感は依然として続いていた。ちょっとスピードを緩めると、後ろの選手が背中にぶつかってきそうだった。

スピードが上がる条件は揃《そろ》っている。フラットなコース設定に加え、気温はマラソンに最適な十三度。朝方、最低気温が二度まで下がったので心配だったが、スタート直前からぐんぐん気温が上がってきた。しかもほぼ無風状態で、走っていると体が適度に温まる。これがもう少し気温が高いとスタミナが奪われがちだし、低いとふとしたきっかけで故障する恐れがある。強い向かい風が吹けば、硬い壁にぶつかったように感じてしまう。何も考えず――気温や風のことが気になり始めると、途端にそればかり考えてしまうものだ――に走れる、最高のコンディションと言っていい。

無風状態は、郊外に出たこの辺りだけではなく、高層ビルが建ち並ぶ新宿付近でも同様だった。普通、あの辺はいつも不規則な風が吹くのだが……箱根駅伝の一区を二回、アンカーの十区を一回走って、二度区間賞を取った経験のある穴川は、ビル風の怖さをよく知っている。ずっと正面から吹きつけていた風が、一つの交差点を通り過ぎた瞬間に横風に変わることも珍しくないのだ。気まぐれな風を、スパコンを利用して数値化しようとしている大学もあるそうだが……仮にそんなことができたとしても、ランナーの方で覚えきれないだろう。マラソンなり駅伝なり、ロードで長距離を走る競技では、コースの細かいポイントまでは気が回らないものだ。事前に知らされている情報がほとんど役に立たないのを、穴川は経験として知っている。

そんなことより、自分の体と会話し、ライバルの状態を見抜く努力を続けるので忙しい。一分ごとに情報をアップデートし、次の一キロの方針を決めるだけなのだ。

しかし今日に限っては、村崎からの事前情報——予想が役に立った。最初の十キロは団子状態が続く、というのは、過去のレースの傾向から彼が導き出した結論である。コース設定故の混乱だが、これを知っているのと知らないのとでは大違いだっただろう。何も知らないまま走っていたら、やたらと窮屈な状態にうんざりしていたと思う。最悪、「事故」に巻きこまれていたかもしれない。

ただし、事前に分かっていれば何ということはなかった。二度走った箱根駅伝の一区も、団子状態になるという意味では、このマラソンと同じようなものである。一区では、五キロぐらいまで集団が崩れず、自分のペースが保てないことは珍しくないのだ。

そういう意味で、今日のレース展開は穴川にとって慣れたものと言える。時々、ちらりと左腕を見てスプリットタイムを確認する。悪くない……ただ、日本最高を狙《ねら》えるようなタイムではなかった。もっとも穴川も、そんな大それた記録を狙うつもりは最初からない。

何しろこれが、初マラソンなのだから。

箱根駅伝という、大学長距離界最大のイベントが終わってから一か月。同級生たちは、卒業までのつかの間の休暇を楽しんでいたが、穴川にとっては今日が新しい一歩だった。最初のマラソンで好記録を叩《たた》き出し、今後の競技生活の礎にする。

箱根駅伝は、マラソン志望者を潰《つぶ》してしまう、とよく言われている。ほぼ二十キロの距離をたすきでつないでいく箱根駅伝は、ハーフマラソンの連続のようなものだ。しかし各区ごとに様々な特徴がある特殊なコースで勝つには、そのための練習に特化しなければならない。特に山登りの五区、山下りの六区は、通常のレースでは経験できないコース設定なので、スペシャリストの存在が必要になってくる。そこから、ほぼ倍の距離を走るマラソンに転向するのは、相当大変なのだ。技術的・体力的な問題もさることながら、精神面での影響も大きい。

駅伝は不思議な競技である。走っている時は常に一人なのに、いつでも「仲間」の存在を意識せざるを得ない。自分が途中棄権すれば——それどころかタイムを落としただけでも、チームメートに多大な迷惑をかける。そのプレッシャーは、日常生活では絶対に経験できないものだ。それ故、勝っても負けても魂は燃え尽きてしまう。そんなことを四回――四年間も続けていれば、どんなにタフな人間でも「もういいや」という気になってしまうものだ。

箱根燃え尽き症候群。

「バーンアウト」とも呼ばれるこの現象は、知らぬうちに選手を痛めつけてしまう。東体大の同期に、実業団チームへの加入が決まっていたのに、箱根駅伝が終わった後で辞退した選手がいた。理由はたった一言、「もう走りたくない」。

前を行くゼッケン「65」の選手のスピードが少しだけ落ちてくる。穴川はわずかに右へ進路を変えた。そちらの前方が空いており、穴を突く形で前に出られそうだ。十キロ過ぎの地点で順位がどうのこうの言っても始まらないが――何しろレースはまだ四分の一が終わっただけだ――走りやすい環境は整えておきたい。

理想は独走だ。前に誰もいない状態で、ただひたすら、残りの距離を一人で食い潰して行く――つまりトップを走り続ける。

「65」の選手の足取りが乱れる。疲労のせいなのか、他の選手のペースに乱されたせいなのかは分からない。穴川はさらに右側に移動し、紫のランニングウェアを着た選手と接触しそうになりながら、素早く自分のポジションを確保した。

よし、先ほどよりは視界が開けた。ただし自分の前には、まだ他の選手が分厚く層になって立ちはだかっている。この層を突破して先頭に立つには、まだまだ時間がかかりそうだ。この状態のままで最後まで行くとは考えられない。いずれ団子状態は解消するはずだが、それがいつになるかは予想もできなかった。その時に備えるためには——とにかく今のリズムを崩すな。

穴川は頭の中で自然に、いつものリズムを取っていた。二拍子……遅いブラストビートと言うべきか。いや、遅ければ「ブラスト」とは言わない。とにかく「一、二」のリズムを頭の中で繰り返し、足を運ぶスピードを自然に調整するのだ。他の選手がどうやっているかは分からないが、自分はずっとこうしている。少なくとも大学に入ってからは。

甲州街道と環八の立体交差が見えてきた。信号は赤の点滅のまま。このレースは運営側も大変だよな、とふと余計なことを考える。いかに日曜日とはいえ、甲州街道は新宿と多摩を結ぶ東京の大動脈である。それが二時間以上にわたって、断続的に交通規制されるのだから……今走っている下り車線側もそうだが、上り車線も車が連なり、のろのろ運転になっていた。二月の冷たい空気にも負けず、ほとんどの車で運転席側の窓が下がっているのに気づく。声を張り上げた応援——頑張れ、頑張れ、頑張れ——が嫌でも耳に飛びこむ。

ちゃんと頑張ってますよ、と何故《なぜ》か釈明したくなる。

長距離は、ゆっくりと体内のガソリンを消費するレースだ。頭の天辺《てっぺん》までフルに入ったガソリンは、距離が伸びるに連れて減っていく。軽くなった分スピードは速くなりそうなものだが、消費できるエネルギーが減るので、後半でタイムを短縮するのは実際には難しい。

ガソリンをどういうペースで消費するかは、いつでも大きな課題だ。途中で飛ばし過ぎれば、ゴールに入る前に失速してタイムはがくんと落ちてしまう。しかしゴールしてもガソリンがたっぷり残っているようでは、全力を出し切ったレースとは言えない。スタミナの配分……ゴールすると同時にガソリンが切れてぶっ倒れてしまうような展開がベストなのだが、いつも上手《うま》くいくとは限らない。

練習では何度もマラソンの距離を走っているのだが、練習と本番とは明らかに違うと、穴川は初マラソンで思い知らされていた。

今のところはやはり、「走らされている」感じが強い。どうしても他の選手のペースに合わせざるを得ず、果たして自分が理想的なペースで距離を刻んでいるかどうか、分からなくなっていた。予定のタイムから、大きくずれてはいないのだが……。

環八の陸橋を過ぎる。陸橋の底——この場合は天井と呼ぶのだろうか——は低く、背の高いトラックなら荷台を擦《こす》ってしまいそうなほどだ。そこを通り過ぎて行く時、一瞬だが陽光が完全に遮られ、暗くなる。気温さえ下がったようで、吹き抜ける風が体を冷やした。

環八は片側二車線のはずだが、それよりもずっと広く、高架下を抜け出すのに時間がかかる感じがする。

気にするな、二拍子のリズムを崩すな。自分に言い聞かせて、穴川はペースを保ち続けた。いつの間にか、前方にさらに「穴」ができているのに気づく。ちらりと周囲を見ると、右横には緑のウェアの選手がいるのだが、左横には誰もいなくなっている。前を行く選手との距離は、いつの間にか五メートルほど開いていた。その選手――ゼッケン「25」の背中を睨《にら》み、ここで距離を詰めておくべきかどうか考える。団子状態が続いていると、距離が空いているのが何となく嫌な感じになる。この空白を埋め、一歩でも前に出るべきか――自粛した。この時点で空白の五メートルを詰めることに、意味があるとは思えない。今はペースを守り続けよう。初めてのマラソンでペースが摑めない以上、中盤に入ったばかりで無理にスピードを上げる必要はない。

むしろ終盤勝負だ、と村崎も指示していたし。

初めてのマラソンだと、周りの選手にペースを崩されそうになる。どんなに調子がいいと感じても、他人のペースに合わせたらろくなことにならないから、前半は先頭集団に入って食いついていくことだけ考えておけ。

終盤は？

完走できそうだと思ったら――それは三十五キロ過ぎに自然に分かる――そこからは好

きなようにペースを上げていい。初マラソンでは、まずは確実に走り切るのが大事で、タイムは二の次と考えるべきだ。

ちょっと理想が低いんじゃないですか、と村崎に対して反感に近い気持ちを抱いたこともある。どうせ走るなら、記録を狙わないと。

もちろん、今の自分がどれだけ力を振り絞っても、日本最高に手が届かないことは分かっている。ただ、「初マラソン最高」は狙えるのではないかと密《ひそ》かに思っていた。

これまで本番で走った最長距離は、もちろん箱根の三回のレースである。今回はその二倍……二時間以上走る中では、何が起きるか分からない。

だが今のところ、何でもできそうな気がした。ガソリンは予定通りに減ってきたが、疲れはない。むしろ十キロのアイドリングを終え、体が軽くなってきた感じだった。だったらここで、五メートルの空間を詰めておくぐらい、何ということはないだろう。本当に調子がいいかどうか、判断する基準にもなるだろうし。

環八の陸橋をくぐり抜ける。途端に前方から冬の陽光が射《さ》しこみ、目を焼かれてしまった。目を細め、入ってくる光の量を調整しながら呼吸を整える。まさか、「光」でペースを乱されるとは思っていなかった——しかし、こんなことは何でもない。

ちらりと上を見る。道路標識の青い看板がしっかり視界に入った。真《ま》っ直《す》ぐ行けば八王子、調布。左へ折れると烏山《からすやま》市街か。よし、いける。疲れがたまってくると、穴川は何故か最初に目にくるのだ。かすみ目。道路標識をきちんと読めるかどうかは、ダメージの有無を確認するための格好の材料になる。

今日は大丈夫。まだまだ——穴川は一気にスピードを上げた。おお……これはいい。何だ？　自分じゃないみたいだ。穴川はこれまでに経験したことのないスピードの乗りを感じた。

シューズのせいもあるだろうか。

実は今日のシューズを本番で履くのは不安だった。箱根駅伝の後に使うようになったのだが、クッションが効き過ぎる。何だかバネの効いたシューズを履いて、ぴょんぴょん飛び跳ねている感じなのだ。これは初心者には無理だな、と直感したのを覚えている。クッション任せで跳ねるように走っていたら、絶対膝《ひざ》にダメージがくる。

しかし穴川は、それに慣れてしまった。

このシューズは悪くない。メーカーさんも、いろいろ考えるものだ……走るためのシューズは、クッション性と軽さの両立をずっと目指してきたはずだが、これはバランスが取れている。自分に合っている。

ただし本番でどうなるかは分からない、という不安は残った。箱根でも履いた、慣れたシューズを使うべきではないかとも思ったが、新しいシューズを履くことは、穴川にとっては大事な「卒業」の儀式でもあった。これまでとはまったく違う、一人で戦うレースのために……形から入るのは日本人の悪い癖だと言われるが、別に悪いことではないだろう。

よし、行こう。

前を行くランナーとの距離は、五メートルから八メートルに開いている。だが、それぐらい空間が空いていた方が、スピードが乗るはずだ。一種の助走。

自分に言い聞かせ、一気にスピードを上げる。クッションだと感じていたシューズが、今度は「スプリング」になった。一歩ごとに跳ねる感じで、スピードが上がって行く。ソールのクッションが着地のショックを和らげ、ただスピードだけが乗る感じだった。

なるほど、このシューズは短い距離のダッシュにも向いている。

見る間に「25」が大きくなってきた。白地に赤いラインのユニフォームは、実業団の強豪、「富士宮《ふじのみや》工業」のものである。どの選手だったか……レース前、国立競技場で参加者の名簿を必死で見ていて、村崎にどやされた。他人を気にしてる場合じゃない、と。

それはその通りなのだが、このレースには、穴川の憧《あこが》れの選手が出ている。大学の先輩で、日本記録にあと十秒と迫る自己ベストを持っている中園《なかぞの》。年齢が六歳離れているから、同じレースで走ったことはないが、中園は面倒見のいい先輩だった。暇があると母校に顔を出し、後輩たちのコーチをしている。あまりにも頻繁なので、もしかしたら現役引退後に、村崎の後任として監督就任を狙っているのでは、という噂《うわさ》が立つほどだった。長距離ランナーは、他の競技の選手に比べて寿命が長い。三十歳を越えても記録を伸ばし続ける選手も珍しくなく、中園にしても、まだまだこれからという雰囲気なのだが……実際、レースに出る度、好タイムを維持し続けている。自己ベストを出したのは二十五歳の時だが、本人もまだ記録が伸びると信じているようだ。穴川にも、俺はまだやれるから、と明言したものである。

その中園は、穴川を特に目にかけてくれた。長距離ランナーとしての才能を見抜いてくれているならありがたいのだが……と思ったが、露骨に褒めるようなことはしない。ただ、他の選手に対するよりも、多くのアドバイスを貰《もら》ったのは間違いなかった。それが癖なのか、非常に細かい技術的な話が中心で、とても全部呑《の》みこめないのが残念だったが……。

今日もレース前に挨拶《あいさつ》したかったのだが、選手でごった返す国立競技場では叶《かな》わなかった。ゼッケンは「15」と頭に叩きこんだのだが、走り始めてから、まだ見つけていない。中園の実力なら、当然この先頭集団にいるはずだが……そもそも、このグループが何人ぐらいで構成されているかも分からず――背後が見えないから当然だ――彼の姿を見つけ出すのは至難の業だった。

八メートルの差は一気にゼロになる。少しだけ呼吸が荒くなっているのを意識したが、「25」の横に並んでペースを落とすと、すぐに落ち着いた。

理想の光景に近い――前には選手が一人いるだけだった。そして、その一人が中園だとすぐに分かった。不思議なことにゼッケン「15」はぴたりと静止しているように見える。

中園のアドバイス、その一――上下動をなくせ。頭を固定されたつもりで走ってみろ。それが一番疲れのないフォームなのだ、と。

中園は確かにその持論を実践している。小さなテレビの画面などで見ても分からないが、こうやって後ろから追いかけてみると、中園が極端に上下動の少ない走りをしていることは分かる。手足は躍動的に動いているのだが、頭は上から押さえつけられたように、ぴたりと安定していた。言われた通り、かつて穴川も試してみたのだが、あんな風に体を抑えながら走るのは難しい……結局、アドバイスされたようなフォーム改造はできていなかった。当面、これまでどおりの走りで頑張るしかないだろう。

ただ、それは間違っていないと思う。「箱根仕様」の今の走りで、十分トップ集団に食らいついているのだから。

トップ集団どころか、前を走るのは中園一人――それを確認して、穴川は舞い上がった。もしかしたらこのまま、中園とトップ争いができるのではないか。尊敬する先輩を最後にかわして勝てたら、最高のマラソンデビューだ。

体が、内側からぽっと熱くなる。最高のシチュエーションじゃないか。勝とうなどとは思ってもいなかった。勝てる計算もなかった。しかし今穴川は、いけるという実感を抱いている。

まだ十キロを過ぎたばかりだというのに。

しばらくレースのペースは変わらなかった。横を走る「25」の選手とは、示し合わせたように足運びのリズムまで合っている。右を走る「25」の動向は、どうしても気になった。時々ちらちらと見る——よくないことだとは分かっていた——と、一瞬目が合って慌てたりしてしまう。他の選手の様子を観察するのは大事だが、やり過ぎると、あいつは周りばかり気にしている、と軽く見られがちだ。マラソンはあくまで自分との戦い。人の走りばかり見ていたらペースを崩される。

前を走るのは中園一人。正確には、さらに前方で、ペースメーカーがレースを引っ張っているのだが。一人だけ黄色いゼッケンをつけたケニアの選手だ。非常に滑らかな走りで、アスファルトや空気の存在さえ感じさせない。彼は三十キロ過ぎまでレースを引っ張ればお役御免だから、本来のペースよりもずっと飛ばしているのだろう。それにくっついていける自分の実力は大したもんじゃないか、と穴川は自賛した。

都市部を走るレースは、だいたい騒音に包まれている。意識しなくても、声援は耳に入ってきてしまうものだ。今日も、沿道には応援する人が鈴生《すずな》りで、声援の他に、紙製の旗が振られる音がざわざわと響いている。一枚だけなら大したことはないのだろうが、沿道《そ》にいる人が全員旗を振っていると、かなりの騒音になる——そう、騒音だ。集中力を削ぎ、余計なことを考えさせる。そしてこの状況は、どこを走っても同じである。気にしないようにしようとすると、「気にしている」ことを意識させられ、気が散ってしまうのだった。

その騒音が、一瞬途切れる。その瞬間、穴川は隣を走る選手の荒い息遣いに気づいた。これは……かなり追いこまれている。十キロを過ぎた辺りからかなりペースが上がってきていることに、穴川は気づいていた。本当は、ペースメーカーは五キロごとのスプリットを、設定されたタイム通りに走るよう期待されているのだが、そのペースを完全に守るのは難しい。ましてや今日は、条件がいいのだ。つい飛ばしたくなる気持ちも分かる——いや、ペースを守らないといけないと頭では分かっていても、体が言うことを聞かないのだろう。普通逆だよな、と穴川は考える。頑張れと自ら叱咤《しった》激励しても手の振りが小さくなり、足が上がらなくなる。こんな風に、勝手にペースが上がってしまうことは、滅多にないのだ。

気をつけないと……だが気持ちは逸《はや》り、体のあちこちが「まだ行ける」と急《せ》かしてくる。滅多にない経験だった。

だったら、行ってしまえばいいんじゃないか？　何も、苦しそうにしている「25」にペースを合わせている必要はない。

選手にはそれぞれのペースがあり、それが完全に一致することはまずない。速過ぎるのもまずいが、遅くても上手くいかないのは自明の理だ。まるで低いギアで、無理にエンジンの回転だけを上げている感じになる。こんな状態が続けば、エンジンもギアも壊れてしまうだろう。実際穴川は、かすかなストレスを感じ始めていた。こんなものじゃない。今日の俺のスピードはもう一段上のはずだ。

よし、行こう。

わずかに腕の振りを大きくし、足を高く上げ始めた。それだけでスピードが一気に増し、「25」の選手を簡単に置き去りにできた。何だか恨めしそうな視線を背中に感じる。やはり彼は、一杯一杯だったのだろう。ついていけない自分の情けなさを悟り、俺のスピードに唖然《あぜん》とし……ちらりと振り向くと、苦しいのか悔しいのか判断できない表情を浮かべていた。可哀想《かわいそう》だけど、ここから先は、中園一人をターゲットにさせてもらう。

中園は、同じ車線の左側、歩道に近い方を走っている。その距離は五メートル。横を走るペースメーカーと完全にリズムを合わせ、快調な走りぶりだ。前を行くのは、先導の白バイだけ。並行して走る二台の白バイは、先頭を行く二人のランナーのシンクロ具合をそのまま表しているようだった。

道路標識と、古びて汚くなった歩道橋が視界に入る。歩道橋には「仙川駅前」の文字。そうか……もう調布市内に入ってしまったのだと気づく。折り返し地点の味の素スタジアムも、それほど先ではない。レースはまさに中盤だ。

それにしてもこの辺は、寂れた感じが強い。相変わらず道路は真っ直ぐ、起伏もなく走りやすいのだが、全体的に街が古びた感じがするのだ。建物も古臭い造りで……しかし、沿道にはやはり応援の人が鈴生りになっていて、冴《さ》えない街の光景は隠れがちになる。

中園との差は、依然として五メートル。彼とぴったりペースが合っているのは、何となく嬉《うれ》しかった。まさか最初のマラソンで、長年憧れてきた選手と同じペースで走れるとは。あとはしかけるタイミングだ。どこで追いつき、並び――そして抜き去るか。

穴川は慎重にタイミングを計った。今はまだ、「完走」だけを意識すべきなのだが、この調子だと、相当の好タイムが望める。いいペースで走れているし、まだ疲れはまったく感じない。箱根駅伝なら、とうに半分を過ぎて、そろそろ後半のスパートを意識しなければいけないところだが、マラソンではまだまだ中盤である。折り返し地点までは、このままの差をキープしておいた方がいいかもしれない。まだ無理する必要はないだろう。

仮に中園を抜かすとしたらどのタイミングがいいか、と頭の中でシミュレーションする。中盤――そう、三十キロまでに抜いても、中園なら必ず後半に走りを立て直してくるだろう。じっくり待って、終盤で再逆転を狙ってくるかもしれない。そういう展開になった時、中園を振り切るだけの力が自分に残っているかどうかは分からない。むしろ終盤まで競り合って、最後の最後で抜け出した方がいいのではないか。

ただし、今までのレースでそういう駆け引きを経験したことがないから、上手くできる自信はなかった。しかし、「自信がなければやらない」のでは、いつまで経《た》ってもトップには立てない。

トップに立つ気持ちがなければ、こんな苦しい思いをする意味はないではないか。

苦しいのか?

一瞬体を吹き抜けた疲労感に、ぎょっとする。足が上がらない……腿《もも》とふくらはぎに緊張がある。次の一歩を踏み出すのが怖くなったが、その恐怖についてあれこれ考える間もなくレースは続く。そう……マラソンとは、二時間強、ひたすら体を動かし続ける競技なのだ。

幸い、筋肉に不必要な負荷がかかっている時に特有の、痺《しび》れるような痛みはなかった。これは……まだシューズに慣れていないせいかもしれない。自分の膝や足首が生み出す自然のクッション以上の力を与えてくれるシューズは、体の様々な部位に変化をもたらすのだろう。それがマイナスの変化になることだけを、穴川は恐れた。

ちらりと左側を見る。甲州街道に面した全面がガラス張りになったビルがあり、そこに少し歪《ゆが》んだ自分の姿が映る。歩道には応援の観客が一杯なのに……と不思議に思ったが、ビルの前面が、歩道側に少しせり出すように斜めになっているので、自分の姿が映っているのだと気づく。見た限り、フォームもおかしくなってはいない。まだまだ走れるはずだ、と自信が芽生えた。

びくびくしては駄目だ。自分を信じて走らないことには、どうしようもない。勝てると信じて走らない人間に、勝つ資格はないのだから。

しかし、中園との差はなかなか縮まらなかった。穴川が気づいた限り、中園は一度も後ろを振り向いていないのだが、背中に目がついているようだった。こちらが少しペースを上げると、向こうも上げる。落とせば落とす。沿道の誰かが指示しているのでは、と穴川は疑うようになった。そんなことが、簡単にできるはずもないのだが。

前方に、大型のコーンが見えてくる。工事現場などで見かける物の数倍はありそうな、真っ赤な目印。折り返し地点は要注意だ、と村崎に忠告されていた。それまで真っ直ぐ走ってきたのを、急に折り返すことになるので、リズムを乱しがちだ。よほど誰かと競っている時ならともかく、そうでなければできるだけゆっくり——歩くぐらいの意識で回れ。

穴川はその忠告に素直に従った。今のところ、自分は「ソロ」である。一緒に走っている選手はいないし、背後に誰かが迫っている気配もない。慎重にスピードを落として……それにしても斬新な光景だ。味の素スタジアム付近の甲州街道は、上下線が中央分離帯で区切られている。それが途切れているのはこの交差点のところだけで、その中央に置かれたコーンを迂回《うかい》していく格好になる。

交差点は、駅からスタジアムに向かう陸橋の真下なので、影ができていた。ひんやりとした風にさらされ、熱くなっていた体が一瞬だけだが冷やされる。複雑に交差する陸橋の裏側を一瞬見上げると、頭がくらくらしてきた。駄目だ、もっと集中しないと。コーンにさしかかった瞬間、ちょうど折り返した中園と目が合った。極めて真剣な表情……だが、目が笑っているように見える。あれは何だ？　穴川は真剣に悩み始めた。「やるじゃないか、後輩」だったら別にいいのだが、何となく馬鹿にされたようにも感じる。ここまでよく走ったけど、どうせもう終わりだろう？　初マラソンの人間が、俺に勝てるはずがない。

畜生、冗談じゃない。

何を言われたわけでもないのに、穴川は頭の中が熱くなるのを感じた。初マラソンだろうが百回目だろうが、関係ないじゃないか。強い奴が勝つ、それがスポーツの基本原理である。そんな目で見るなら、ここから勝負しましょうよ、先輩。

コーンを回り終えて、穴川は自分に鞭《むち》を入れた。下半身に力を入れ、腕の強い振りを意識して、体を前へ前へと押し進める。肺が苦しくなり、酸素を求めて開いた喉《のど》がからからになった。これはすぐ収まると分かっているのだが……前を行く中園、そしてペースメーカーの背中が迫ってくる。二人は相変わらず、リズムを合わせたように同じスピードで走っていた。風がある時なら、ペースメーカーを風よけに使うこともあるだろうが、今日はほぼ無風状態、自分のスピードが生む風だけが敵だから、風よけはいらないのだろう。

今日の中園なら、そもそもペースメーカーは必要ないかもしれない。それほど走りは安定していて、しかも十キロ過ぎからはかなりのハイペースなのだ。

ちらりと腕時計を見る。ちょうど半分が過ぎたところで、日本記録を更新しそうな勢い……中園は十キロ過ぎから先頭に立ったようだが、そこで一度ペースを上げたらしい。前を行く選手がいなくなって、気分よく走っているのだろう。

だけどそれも、ここまでだ。

穴川はなおも、自分に鞭を入れ続けた。息が上がり、目の前を星が舞う。酸素が足りなくなっている危険な状況だと分かっているが、一度点火した勢いは簡単には衰えない。とにかく並ぶ……そして追い抜く。レースはまだ一時間以上も続くのだが、穴川はここが一つの勝負どころだと見ていた。自分の若さとスタミナを信じたい。

やや右、中央分離帯方向へ進路を変える。中園と中央分離帯との距離は一メートルほど……隙間《すきま》に割りこみ、前へ出る作戦だった。実際、左側に出ようとすると、ペースメーカーと中園の間に割って入るか、ペースメーカーのさらに左側まで行かねばならず、事故が起きやすくなる。

よし、行ける。穴川はスピードを落とさず、じりじりと中園を追い上げた。次第に大きくなる背中を左側に見ながら、やや右寄りに進路を変える。

きた。

横に並ぶと、前方に幅一メートルほどの道が光っているように見える。それはまさに穴川がこれから走るべき道であり、ゴールまで一直線に続いているような気がした。そこに足を踏み入れた瞬間、前方から急に引っ張られるような感覚に襲われる。まるでチューブの中に入ってしまったような……前方が真空で、そこに向かって流れこむ空気に、背中を押される感覚。折り返して以来、かなり無理をしていた感じなのに、今は苦しくも何ともない。さらにスピードが乗り、気づくと中園を抜き去っていた。

その瞬間には、彼の顔を見たいと思っていた。初マラソンに出場した後輩に抜かれ、トップの座を譲り渡すのはどんな気持ちですか……嫌らしい負の感情だが、自分がトップに立ったという意識を強くするためにも、中園の表情を拝んでおきたかった。

しかし、抜き去ってしまった直後に、振り返るわけにはいかない。

自分の前には誰もいないのだ。前を走るのは白バイだけ。二台の白バイは、自分をガードするようなものだ。

王様気分とは、まさにこういうことかもしれない。前を行く俺が誰にも邪魔されないように、国家権力が守ってくれている。箱根でも、先導する白バイのすぐ後ろについたことはあるが、あの時とは感慨が違った。駅伝はあくまでチーム競技。今俺は、ただ一人俺自身のためだけに走っている。その感覚は新鮮なもので、誰にも譲りたくなかった。

こんな誇りを胸に走ったことがあっただろうか？　たぶん、初めてだ。歴史のある記念マラソンが舞台というのもいい。これは、観光行事でもある市民マラソンとは訳が違う。

記録が出やすいフラットなコースで行われる、本気のレース……実際今までに三度、このコースでは日本最高記録が更新されている。

もしかしたら俺が、四度目の記録を作る？　凄《すご》いじゃないか。自分でもここまでできるとは思っていなかった。このまま突っ走れば、最初にテープを切るのは絶対に俺になる。

今までのスプリットタイムから、中園がここまでベストに近いタイムで走ってきたのは分かっている。残念ながら、長距離選手は競技生活の中で二回ピークを作るのは難しい。自己最高を叩き出してきた選手が一度停滞すると、その後それを更新することはほとんどないのだ。マラソンに必要な三本の矢――体力と技術、そして気持ちの持って行き方が完全に同じ方向を向くレースなど、何度も経験できるものではない。

光る道は、まだ自分の前に見えていた。中園を追い抜いてもスピードを緩めず、穴川は車線の中央付近に位置取りをした。二台の白バイの中央後ろ辺り。ああ、この位置はいい……まさに先導してもらっている感じ。光の道は、二台の白バイのちょうど中間を通り、真っ直ぐ先へと続いている。

この道を一歩ずつ踏んでいけばいいんだ。

マラソンを走る時の穴川の歩幅は、身長の百三十パーセント。歩幅の広いストライド走法と言っていいだろう。そして一分間に平均して百八十五歩走る。ストライドの幅、それに残り時間を計算すれば、あと何歩でゴールできるかはすぐに割り出せるのだが、さすがに走りながらそういう計算は無理だ。今は、頭に十分な酸素が行き渡っていない。だけど、やれる。計算なんかクソ食らえだ。ペースメーカーも余計。今はとにかく、光る道を走って行けばいい。そう言えば、「光る道」の話をしていたのは中園自身だったではないか。本当に調子がいい時、目の前に白く道が浮き上がる。そこに足を踏み入れた瞬間、勝手に体が動く感じになって、いつの間にかゴールしている、と。

まさかそんなことが、と馬鹿にしていた。しかし今、間違いなく自分の前には光る道がある。これが中園の言う「白い道」でなくて何なのだろう。

中園さん、今日のあなたにはこの道が見えているんですか？　それとも俺にだけ見えるものなんですか？

箱根駅伝の一区は二十一・四キロ。十区は二十三・一キロ。故に、調布の折り返し地点を過ぎてしばらく行ったところで、穴川は「本気のレース」における未知の領域に突入した。

とはいっても、それに気づいたのは、電通大の前を通り過ぎた付近である。体に異変があったわけではなく、ただ「25キロ」の看板が見えたからだ。

そうか、もう二十五キロも走ったか……給水ポイントが近いのだ、と気づく。給水について村崎は、それほど気にしなくていいと言っていた。喉が渇けば飲む、渇いていなければば無視。各ポイントで自分用のドリンクが準備してあるが、ここまでは一回しか飲まなかった。給水すればわずかだが時間のロスになるし、接触事故が起きる可能性もある。とにかく喉が渇いていなかったのだから、給水は必要ないと判断していた。

しかし今は、「25キロ」を見た瞬間に喉の渇きを意識してしまう。そう、ここで一回水分を補給しておく必要がある。先頭を走っているから、誰かとぶつかる可能性は低いし、ちょうどいいタイミングだ。

給水所でボトルを見逃さないために、ランナーは様々な工夫を凝らす。目立たせようとするあまり、カラーテープを貼《は》りつけまくって、前衛芸術のようになってしまうのも珍しくない。せっかくそうやっても、周りのボトルにも同じように派手なカラーリングが施されているから、埋もれてしまうのだが。

今回、東体大からたった一人このマラソンに参加する穴川のために、仲間がボトルにも工夫してくれた。キャップに挿したチューブの先に、東体大のロゴが入った小さな旗。そんな風にしてあるボトルは他にないので、ロゴそのものが見えなくても、すぐに自分のものだと分かった。

難なくボトルを取り上げる。その拍子に隣のボトルを倒してしまったが、慌てて係員が駆け寄ってきたので、何とかしてくれるだろう、と自分を安心させる。旗を引き抜いてチューブを口に突っこみ、ボトルを強く押すと、冷たく、かすかに甘い液体が喉に飛びこんで、すぐに全身に回り始めるようだった。これはいい……やはり体が渇いていたのだと意識する。ここで補給しておいて正解だった。

このスペシャルドリンクは、東体大栄養学科の学生たちが調合したもので、中身は市販のスポーツドリンクと同じようなものだが、体にかかってもべたべたしないように配合を調整してある。暑ければ、飲んだ後に頭から被《かぶ》っても、水のようにさらさらしているのだ。

しかし今日は、その必要はない。走るのに最適の気温だ。

栄養学科の学生たちに頭の中で礼を言いながら、穴川はドリンクをもう一口飲んだ。これで十分——投げ捨てたボトルがアスファルトを叩く重い音を耳に入れてから、さらにスピードを上げた。体が内側から綺麗《きれい》になった感じがして、非常に調子がいい。

よし、まだ飛ばせる。もしかしたら日本記録も……ちらりと腕時計に視線を落とす。これは……本当にいけるんじゃないか？　ここまでのスプリットタイムから計算すると、二時間六分台は夢ではない。このままペースが落ちなければ、最後のスパートで六分台前半、さらに五分台も狙えそうだ。

気分が一気に高揚する。胸を張り、腕を強く振ってさらにスピードを上げた。

沿道に、東体大の仲間たちの姿が見える。去年新調したばかりの薄緑色のベンチコートは、黒い服を着た人が多い沿道ではひどく目立った。緑色の塊——全員が知った顔であり、そこから飛び出す声援は、穴川の体を確実に後押しした。実体のない風が、強く後ろから吹いている。駅伝ではなく、まったく孤独に戦わなくてはいけないマラソンなのに、今回も見守ってくれる仲間たち。ありがたい存在だ。連中にも何かで恩返ししなければならないが、すぐには思い浮かばない。

いや、あった。勝つことだ。そしていいタイムを叩き出すことだ。自分が逆の立場だったら、仲間が好タイムを出すのが一番嬉しい。それでこそ、応援しがいがあるというものだ。

よし、俺は一人じゃない。あいつらのためにも、勝たなければならない。

レースが終わったら、中園とはどんな顔をして会おうかと考えた。彼だって、まさか初マラソンの大学生に負けるとは考えてもいないだろう。しかし偉そうな顔をしてはいけない。何かとアドバイスをくれた、大事な憧れの先輩だから、顔は立てないと。向こうから話しかけてくれるとありがたいな、と思った。おめでとう、と祝福されれば、素直にありがとうございましたと頭を下げられる。まぐれです、と謙遜《けんそん》してもいいだろう。実際、どうして勝てたかなど、自分では分析できないものだから。たまたま全ての条件——自分の体調、他の選手のコンディション、気象条件——がぴたりと合致して、自分に有利に働いただけだと思う。ここまで互いにしかけ合う展開もなかったのだし、駆け引きもクソもない。

声援が聞こえない……そうか、歩道の構造が違うせいだと気づく。この辺は、ガードレールと歩道の間に植え込みがあり、応援している人との距離が少しだけ開いている。しかも甲州街道は首都高四号線の真下に入っているので、上からも車の騒音が降り注いでくるのだ。

穴川はふと、ぞくりとする感覚を意識した。寒さ——そう、寒いだけだと思う。左側からは背の高い街路樹が迫り、右側は首都高が覆い被さるようになっている。午後の弱々しい陽光は遮断され、ほぼ日陰の中を走っている感じになる。さすがに二月、陽が当たらないと寒い……しかし、妙だ。走り続けて三十キロ以上……いや、三十五キロにもなり、体の中は溶鉱炉のように熱くなっているのに。

ふと、前を行く白バイが気になった。一瞬、バックミラーが光る。何メートルも先のバックミラーが覗《のぞ》けるわけもないのだが、そこに誰かが映っている気がした。

映るほど近くまで迫って来ている？

嫌な予感が胸の中で渦巻き、痒《かゆ》いような不快感が芽生えた。まさか、追い上げられた？ここまでまったく、後続の選手の気配を感じなかったのに？

振り向くな。振り向くとわずかだが時間をロスするし、視界に誰かを捉《とら》えてしまうと、一気にプレッシャーに襲われる。村崎の教えを頭の中で繰り返し、穴川はひたすら前を見て走り続けた。だが、次の瞬間には、白バイのバックミラーがかすかに歪んだように見える。誰かの影——やはり誰かがすぐ側《そば》に迫っているのだ。

見よう。一度だけ後ろを振り向いて確認し、それからどうすべきか考えよう。

決めて振り返ろうとした瞬間、顔を向けた反対側を風が吹き抜けた。

え?

まさか、今、誰かに抜かれた?

慌てて前を見る。右側——首都高に近い側を、見慣れたゼッケン「15」が駆け抜けて行く。中園さん、どうしてここへ……完全に置き去りにしたと思ったのに、俺の後をずっとついて来たのか? 慌てて腕時計を見る。スプリットタイムは落ちていないはず……中園がどこにつけていたのか、まったく分からない。分からない故に不安だった。まるで、突然空中から現れたようではないか。

マラソンの先頭を走るのは、経験したことのない快感だった。誰にも邪魔されず、白バイを露払いにして、堂々と走って行く——そんな状態に酔っていたが故に、他の選手の動きに気づかなかったのか? だけどそんなこと、しょうがないじゃないか。トップを走るのは名誉なことだが、後ろの動きが分からないという最大のデメリットがあるのだから。

沿道のポイントで部員たちが待機して、現在の順位などの情報をボードで教えてくれることになっていたのだが……三十キロ地点では「後続なし」のボードが上がっていた。あれは正確だったのだろうか、と今さらながら思う。「なし」というのは、実際にはどれぐらい、後続の選手を引き離していたのか。この五キロの間に追い上げられたのか……あれこれ考えると、頭の中がぐちゃぐちゃになってしまう。

だったら考えるな。たった一つ考えていいのは、どうやって中園に追いつき、もう一度抜き去るかだ。

しかし……中園の背中はあっという間に小さくなってしまった。既にペースメーカーは離脱しており、中園はここから先、一人でレースを組み立てていくことにしたようだ。中園さん、何回目のマラソンなんですか？　こういう展開は、走る前からきちんと計画していたんですか？

穴川の疑問の声は、もちろん届くはずもない。

先ほどまでも今も、一人でいることに変わりはない。しかし今は、「孤高」ではなく「孤独」という言葉が自分に相応《ふさわ》しいと思った。周囲二十メートルほどには、たくさんの人がいるのだ。先導の白バイ、沿道で応援する人、中園、もしかしたら後続の選手……しかし今の穴川は、ひどい孤独を感じていた。多くの人の中でたった一人。

俺はどこで失敗したのだろう。何を失敗したのだろう。

うつむいてしまう。ずっと先を向いていた視界が、急に近いところだけを捉えるようになった。これじゃいけない。ゴールはまだずっと先なのだ。これから住宅街を駆け抜け、ほどなく新宿の雑踏を抜け、国立競技場に戻る。レースはまだ終わらない。ゴールするぎりぎりまで、中園を追いかけなくては。そのためには、顔をうつむけている暇などないのだ。前を見ろ。十メートル先の目標を見据えて体を進めろ。十メートル先には……中園がいるはずだ。

顔を上げる。中園の背中は、ますます小さくなっていた。ああ、これは……追いつけないと諦《あきら》めの気持ちが胸に忍びこんだ瞬間、横をまた他の選手が走り抜けて行く。

何故だ？　どうして足が動かない？　さっぱり分からなかった。あるいはこれがマラソンというものなのか。箱根駅伝の二十数キロでは経験できなかった疲労感、そして痛み。そう、今や痛みが下半身に広がりつつある。

準備不足は認めざるを得ない。年明けまでは、とにかく箱根駅伝に集中せざるを得なかったから、マラソン用の本格的な練習は、ここ一月《ひとつき》しかできなかった。村崎は、初マラソンは来年でもいいんじゃないかと言ってくれたのだが、実業団に入ったら入ったでどうなるか分からない。新人が自分の希望を通せるかどうか——とにかく早く初マラソンを走っておきたかった。一度走れば自信になり、マラソン選手としていいスタートを切れると思っていたのだ。

甘かった。今や自信は打ち砕かれ、自分が最低のランナーになってしまったように感じている。

何人に抜かれたんだろう……もう、順位さえ分からなくなっている。一つはっきりしているのは、自分の背後に、比較的大人数の第二グループがあったらしいことである。自分のスピードが落ちたのか、他の選手がペースアップしたのか、とにかく次々と抜かれた。自分のペースを確認する気にもなれない。

最後の給水所……ドリンクなんか飲んでる場合じゃないと思ったが、穴川は再びボトルを取りに行った。まだ国立競技場は遠い。ここで一度気持ちを入れ替え、体をリフレッシュさせれば、まだ先頭を走る中園を追えるのでは、と思った。

甘かった。ボトルを取ろうとして摑みそこね、吹っ飛ばしてしまう。目がかすんでよく見えなかったのだ。ああ……どうしても飲まなければ我慢できなかったわけではないけれど、飲めないとなると急に喉の渇きを強く意識する。

一般参加ランナー用の水をもらおうか。ずらりと並んだ紙コップがやけに魅力的に見えたが、水は飲みたくない。あんな無味無臭の液体を飲んでも、渇きは癒《いや》せない。

俺は、あのスペシャルドリンクがよかったんだ。

失意のまま、給水ポイントを離れてコースに戻る。わずか数秒の間に、また二人の選手が穴川を追い抜いて行った。クソ、今俺はいったい何位なんだ？　入賞も無理？

いっそのこと、このまま停《と》まってしまおうかとも思う。だが、リタイアする理由が見つからない。膝と足首に痛みがあるが、走れないほどではない。決して体調が悪いわけでははないのだ。

経験の差か？　しかし、自分を追い抜いて行った選手たちの中にも、これが初マラソンという選手がいるかもしれない。あるいは二回目。まだ経験云々《うんぬん》を言える段階ではない選手たちに抜かれてしまった可能性もある……情けない。

新宿のビル街が見えてきた。あと数キロ。巻き返せるのか？　とにかく行くしかない。

しかし自分を叱咤しても、スピードは戻らなかった。明らかに、三十五キロ地点までの自分とは違う。分厚い鎧《よろい》をまとってしまったように体全体が重く、足が上がらない。何故だ？　どうしてこんなことになってしまったんだ？

マラソンにはよく「三十五キロの壁」があると言われている。そこさえ越えれば大丈夫、と言われるポイント……村崎も完走できるかどうか、そこで分かると言っていたのだが、自分は壁にぶつかってしまったのだろうか。

いや、「三十五キロの壁」は素人ランナーに当てはまる原則だ。自分は素人ではない。マラソンは初めてだが、練習では何度も四十キロを走っている。きちんとペースを守り、レース本番のつもりで走ってきた。

しかしやはり、本番とは違うのか。

気まぐれなビル風が正面から吹きつけ、思わず目を閉じてしまう。体が一層重くなり、壁にぶつかったような気分になった。足を踏み出すのさえ一苦労だ。

本当に……あと二キロぐらいなのだ。一番で国立競技場に戻って来るのを夢見た自分は甘かったのか。

今や、沿道の声援もまったく聞こえない。周囲の様子も目に入らなくなった。また誰かに抜かれたようだが、相手のゼッケンを確かめる気にもなれない。無事に走り切れるのか？　棄権せずに済むのか……分からない。負けたくない。だが、今の状態では負けるとか負けないとか、そういう問題ではないような気がした。

マラソンは甘くない。それだけはよく分かった。しかしそういう教訓を得て、俺は次のマラソンに生かせるのか？　ぼろぼろの俺に、「次」を走る機会はあるのか？　実業団を辞退した同期もこんな風に燃え尽きたのか？

何も分からない。はっきりしているのは、足が重く、吸いこむ空気が炎のように熱いことだけだ。

それでも走る。ゴールしなければならない。

何のために？

それを考えることすら面倒になっていた。

今度は背中から強く風が吹きつける。後押しするのではなく、足をすくませる、冷風。

クラッシャー

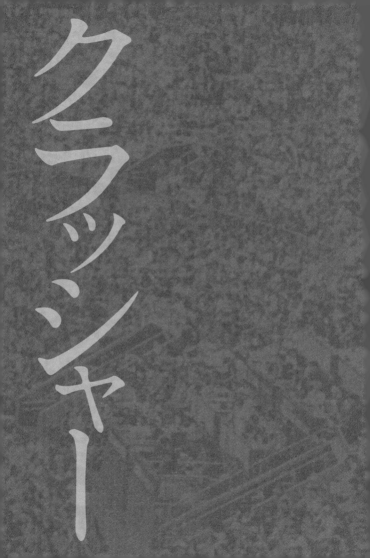

埼玉県営希望《きぼう》ヶ丘《おか》総合運動公園ラグビー場——長ったらしい名前は嫌われ、普段は略して「希望ヶ丘」と呼ばれている。「国立霞《かすみ》ヶ丘《おか》競技場秩父宮《ちちぶのみや》ラグビー場」が通称「秩父宮」であるように。

五十嵐智《いがらしとも》にとって、希望ヶ丘に希望はない。

五十嵐は、試合前の練習で既に全身の熱が高まり、神経がびりびりと研ぎすまされていくのを、はっきりと意識していた。もう少し気合いを入れると、内側から噴き出す熱で体が爆発してしまうかもしれない。

スタジアムの外にあるサブグラウンドは硬い。このところ気温が高い日が続いたので、地面が乾燥し、青々とした芝も、クッションの役割を果たしてくれなかった。

ボールを拾って、当たる。拾って、当たる。何度も繰り返して体を解《ほぐ》し、痛みの感覚を呼び起こす。当たった後でぐっと押しこみ、止めに来た相手の自由を奪うよう、意識した。この一押しがあれば、タックルされても優位に立てる。

九月——残暑が長く続き、まだ真夏のような陽気だ。今日の最高気温は三十度、と予想されている。希望ヶ丘はいいスタジアムだが、グラウンドにはもろに陽射《ひざ》しが当たり、影ができない。暑い日の試合は地獄だった。真夏の甲子園ほどではないだろうが、鍋《なべ》の底で焼かれているような気分になる。

「五十嵐、抑えて」

五十嵐の当たりを受けていたキャプテンの新条《しんじょう》が、タックルマシンを手放して、間を開ける。

「何が」

「気合い、入り過ぎだ」

「ただのウォーミングアップだよ」言ってはみたものの、新条の指摘が当たっていることは認めざるを得ない。ずっと同じ釜《かま》の飯を食った仲なのだ。俺が考えている――考えていなくても潜在意識に持っている――ことなど、とうにお見通しだろう。

ロッカールームへ引き上げる時、新条がまた近づいて来て忠告した。

「気持ちは分かるけど、気合いが入り過ぎると駄目だ」

「ラグビーは、最後は気合いだよ」

「それは分かってるけど」

新条は少しだけしつこかった。心配してくれているのは分かっていたが、今日は余計なことを言われたくない。

五十嵐にとっては、これが大学の四年間でまともに戦う、初めての試合になるはずなのだから。

半袖《はんそで》のジャージの肩のところで額の汗を拭《ぬぐ》ったが、そうした側《そば》からすぐまた汗が噴き出てくる。今日は本当に、暑さとの戦いになるだろう。開始五分で退場してしまえば、そんなことは言っていられないだろうが……気弱なことを考えていたら駄目だ、と自分を鼓舞する。八十分間、戦い抜く。ここから俺の本領を見せるのだ。

希望ヶ丘のロッカールームは、素っ気ない造りだ。壁沿いに選手用のロッカーが並び、部屋の中央にはマッサージ用のベンチが二つ。天井も壁も白いロッカールームの中で、ベンチの青とロッカーの椅子《いす》の赤だけが浮いていた。ロッカーそのものは小さく、百八十五センチ、九十五キロの五十嵐が小さな椅子に腰を下ろすと、箱詰めされたような気分になる。チーム一体格がいいロックの粕谷《かすや》──百九十五センチ、百八キロ──など、座るのが不快なようで、ずっと立ったままである。

希望ヶ丘は竣工《しゅんこう》してから三十年以上が経《た》ち、ロッカールームもそれなりに古びて独特の臭《にお》いが染みついていた。汗と消炎剤と、かすかな泥の臭い。五十嵐の大学は、ここ数年──五十嵐が入学してからずっと──シーズン最初の試合をここで行うのが常になっており、この独特の臭いが、シーズンの始まりを実感させるのだった。今は三年分。同時に、年を追うごとに痛みの記憶が刻みこまれてきた。

「よし、ちょっと聞いてくれ」

監督の内川《うちかわ》が、一度だけ両手を叩《たた》き合わせる。乾いた音がロッカールームに満ち、緊張感が広がった。座っていた選手も全員が立ち上がり、部屋の中央にいる内川を半円形に囲む。

内川は、しばらく無言で全員の顔を見回した。三十二歳。リーグに加入している全大学の監督の中で、一番若い。社会人のチームを引退してすぐに監督に招かれたのは、彼がそれだけリーダーシップを認められているからである。現役時代は俊敏さが売りのスクラムハーフ。引退して既に二年が経つのに、まだ体は引き締まったままだった。夏物のブレザーに、チームカラーである濃紺と黄金のレジメンタルタイ。小柄なせいで、ここがロッカールームでなければ、普通の若手サラリーマンに見える。

「やっとリベンジの時がきた」低い、よく通る声で話し出す。

「オウ！」野太い声が唱和する。「リベンジ」の一言だけで、全員が状況を理解したのだ。

「去年の悔しさを忘れている人間はいないな？」

「オウ！」

そう、去年は、得失点差で大学選手権に進めなかったのだ。ここ十年で唯一の、リーグ戦での敗退である。直接負けて大学選手権進出を逃したわけではないせいか、むしろ悔しさは深い。しかし五十嵐は、その悔しさを直接味わうことはなかった――戦列を離れていたから。

「初戦が大事だ。勝てる相手だと思って気を抜いてはいけない。この初戦の戦いが、リーグ戦全体の流れを決める。相手が立ち上がれなくなるまで叩き潰《つぶ》せ！」

「オウ！」

三度目の唱和。それで内川は満足したようだ。本当の気合い入れの儀式は、この後、選手だけで行う。ラグビーは基本的に選手のものなので、試合が始まる前から、選手だけで気持ちを盛り上げて行くのが当たり前だ。

憑《つ》き物が落ちたように、内川が平静な表情に戻る。クリップボードを手に、フォワード、バックスに細かい指示を与えていく。フォワードに関しては特に、マークする選手のデータが細かく与えられた。今日の対戦相手は、例年リーグの下位に沈む実力なのだが、今年は有望な一年生ロックが二人いるのだ。コンビを組む二人はともに身長が百九十センチを超え、空中戦に強い。

「ただし二人とも、まだ線が細い。大学の本番の当たりは経験していないから、最初に痛い目に遭わせておこう」

フォワードの八人が無言でうなずく。ロッカールームには殺気がみなぎっていた。「痛い目に遭わす」「潰す」というのは、決して誇張ではない。五十嵐は唾《つば》を呑《の》んだ。たぶん過去の自分も、試合前に「潰せ」のターゲットになっていたはずだ。下手《へた》をすると、日常生活を送るにも苦労するほどの怪我《けが》。だがそれで、相手を恨む人間はいない。たとえ汚いプレー――審判が見ていないところでのラフプレー――の結果であっても、ラグビーでは怪我をする方が悪いのだから。

「ほかの選手は、去年からの持ち上がりだ。前三人は体重を増やしたようだが、あまり気にすることはない」スクラムで直接対峙《たいじ》するプロップ二人とフッカー。スクラムの強さは、まず何よりも、この三人で決まる。「うちの方が圧倒的に重くて強い。ポイントはロックの一年生二人だ。できるだけ早いタイミングで潰そう。恐怖心を植えつけるんだ」

「オス」押し殺した低い声が揃《そろ》った。この瞬間、フォワードは精神的には殺人者になっている。

内川が、一人一人の顔をゆっくりと見回していった。最後に五十嵐と目が合う。その目に、読み切れない感情が宿っているのに、五十嵐はめざとく気づいた。心配している？不安？いや、そういう感じでもなさそうだ。今になって、自分をレギュラーで起用するのが正しいことかどうか、迷っているのか？冗談じゃない。俺はこの日のために、一年間、耐えてきたんだ。自分をアピールする最後のチャンスなんだ。

何か言おうかと思った。内川は選手との間に壁を作らないタイプだから、聞けば答えてくれるかもしれない。だが、自分が考えている質問は、戦いの直前には相応《ふさわ》しくないような気がした。

「不安なんですか？」

そんなことは言えない。言えば逆に、自分が弱気になっていると思われてしまうかもしれないから。絶対に、そんなことはない。実際、かつてないほど闘志がみなぎり、体が爆発しそうになっている。早くグラウンドに出て、相手チームのロックの新人二人を、芝の上に這《は》いつくばらせてやりたかった。

ミーティング、終了。五十嵐は上半身裸になり、ロッカーの椅子に座ってじっと床を見下ろしていた。内川の視線が気になる。思い出すとあれこれ考えてしまうのだが、そんなことをしても何にもならないと分かっていた。

集中だ、集中。

かつかつと、耳障りな金属音が響く。もうスパイクを履いている選手がおり、床はコンクリートなので、歩き回る音がやけに大きくなるのだ。この床を見詰めるのは、これで四度目。前の三回は、ここから出撃して五分以内で戻って来ることになった。みっともない……スポーツ選手は、試合に出てこそ価値があるのだ。五分以内で負傷退場してしまった自分には、もはやかつての輝きはないと思う。

輝き——大学一年生で日本代表入り。その年の正月、全国高校ラグビー大会を荒し回って高校日本一を達成してからわずか数か月後には、桜のジャージに身を包んでいたのだ。これは、胸を張っていい事実だと思う——もしも俺が、それを最後に引退していれば。日本代表の看板は、アスリートにとって墓場まで持っていける勲章だ。

「余計なこと、考えるなよ」

声をかけられ、顔を上げると、目の前に新条が立っていた。最近、少し体が小さくなったように見える。もともと長身ではない――百八十センチもないので、フォワードとしては小柄と言っていい――のだが、キャプテンとしての気苦労が、彼の筋肉を奪ってしまったのかもしれない。

「考えてないよ」かすれた声で答える。考えていた。ありとあらゆることを。過去の怪我の記憶、そして今日の試合への不安。いつになく順調に仕上がってはいたが、五十嵐は、怪我が一瞬にして全《すべ》てを奪うことを知っている。ラグビーに怪我はつきもので、骨折したまま八十分間プレーし続けた、などという武勇伝はよく聞く。それでも、プレーできないほどの怪我も当然あるわけだ。

「テーピング、するか？」

「……ああ」

それぐらい、自分でできる。むしろ、テーピングは得意と言っていい。あれだけ怪我すれば、それは慣れるよな……と皮肉に考えてしまう。だが今日は、新条の好意に甘えることにした。こんなことはキャプテンの仕事ではないし、彼には彼で準備があるのだが、高校時代からのチームメートには全てを任せられる。都合七年も、ともにフォワードで揉《も》まれ続けるというのは、滅多にできる経験ではない。これだけ長い間、一緒にプレーした人間同士にしか分からないこともある。

五十嵐は靴下を下ろした。コンクリートの床のひんやりとした感触が、足裏に伝わる。三年前、一年生の時に骨折したこの足首は、もちろんとうに完治しているのだが、五十嵐は試合の度にテーピングを施していた。単なるまじないのようなものだが、こうしているとなんとなく安心できる。

新条が、器用にテープを足首に巻いていく。ほどよい締めつけ具合。緊張感が、下半身をぴりぴりと走る。そうなんだよな……この足首の骨折から、俺のラグビー人生は狂い始めたんだよな。

あれさえなければ、今頃俺はどれほどの高みへ辿《たど》り着いていただろう。「クラッシャー」という渾名《あだな》は、「自分が壊れる」ことを指すのではなく、「相手を壊す」意味を持っていたはずである。

◆

日本代表での海外遠征は、自分を一回り大きくした、と五十嵐は確信していた。年上の、憧《あこが》れの選手に交じってのプレーでは、稚拙さを思い知らされることも多かったが、自分が本来持っている体の強さを実感することもできた。海外の一流選手にも当たり負けしない強さ。長くプレーしていれば、相手の強さを受け流すようなテクニックを身につけることもできるのだが、大学一年生になったばかりの自分にはそんな物は要らないのだ、と思うと嬉《うれ》しくなった。純粋に、パワーとスピードだけで勝負できる。

だから、関東大学リーグでの試合など、容易《たやす》いものだと思っていた。世界で戦ってきた俺のレベルからすれば、子どもの相手をするようなものだろうと。夏のきつい合宿、練習試合を重ねるに連れ、その自信はさらに揺るぎないものになった。

右フランカーでの出場。スクラムが解け、自分が真っ先に飛び出して、相手のスタンドオフを潰す様が簡単にイメージできる。ボールを持てば、相手を撥《は》ね飛ばして突進し、そのままインゴールへ持ちこむ。

最初から、自分の強さをさらに意識することになった。ファーストタッチは、試合開始直後だった。センターライン付近で、密集から零《こぼ》れたボールを拾い上げ、サイドをついて突進する。止めに来たフルバックの選手を撥ね飛ばし——決して小柄ではなかった——さらに突き進む。フォワードが三人がかりでタックルにきてようやく止まったのだが、自分が稼いだ距離を意識して、思わず顔に笑みが浮かんでしまったものだ。

世界レベルと比べれば、全然大したことはない。当たりが弱過ぎる。

しかし次のプレーで、五十嵐は当たり前の事実を再確認することになった。ラグビーは一対一の戦いではない。だからこそ、自分ではコントロールできない事態が起きる。相手陣内十メートルほどの位置で、相手ボールでのスクラム。両チームのフォワードの力量はほぼ拮抗《きっこう》しており、スクラムは微動だにしなかった。素早い球出しから、相手がバックスでの展開を狙《ねら》う。絶妙のタイミングで飛び出した五十嵐は、相手のスタンドオフを捕まえた。そのまま押し倒すと、他の選手が一斉に飛び乗ってきた。

その瞬間だった。左足首に激しい痛みが走る。

誰かが足を踏んだのだ、とすぐに分かった。どけ、と叫んだが、密集の中なので、そんな声が届くわけもない。クソ、何でどかないんだ。信じられないことに、自分の足を踏んだ人間は、思い切り力を入れて踏みにじってくる。向こうの選手か？　こんな汚い潰し方をするな——どこか遠くでかすかな音が聞こえ、痛みがさらに激しくなる。折れたな、と五十嵐は悟った。冗談じゃない。足首の骨は複雑なんだ。これじゃ、このまま試合を続けるどころか、今シーズンを棒に振ってしまう。

何とか起き上がろうとしたが、上から何百キロという体重がのしかかっているので、どうしようもない。ホイッスルが鳴り、自分の上から人がいなくなるまで、無限の時間が過ぎたように思われた。

左足首骨折。

五十嵐の最初のシーズンは、わずか五分のプレーで終わった。

◆

「ほら、肩もやってやるよ」

新条が、ジャージを脱ぐよう促した。これは仕方ない……自分ではできない場所だから。

「悪いな」

「いやいや」

体にぴったりとフィットする練習用のジャージを脱ぐには、今でも少しだけ苦労する。

この三年間に負った三つの大怪我のうち、これが一番重傷だったかもしれない。左側肩甲《けんこう》骨《こつ》と鎖骨《さこつ》の骨折、さらに回旋筋腱板《かいせんきんけんばん》の損傷。手術からリハビリを経て、まともに動かせるようになるまで半年かかった。何しろ、腕を動かすための大事な部分が滅茶苦茶《めちゃくちゃ》になっていたのである。

「悪いな」もう一度、ぼそりとつぶやいた。ここをテーピングするのには、今でも意味がある。「完治」は宣言されていないのだ。特に回旋筋腱板。非常に複雑に筋肉が絡み合う場所であり、医者――すっかり顔馴染《かおなじ》みになっていた――は「ピッチャーだったらもう引退だな」と酷《ひど》い喩《たと》えをしたものである。動かす時に痛みはないが、今でも硬い感じがする。関節の可動域が狭くなったというか……正直言って、左側から相手に当たっていくのは、今でも怖い。なるべく右から当たるよう、あるいは左で当たらざるを得ない時には、衝撃が少ない角度を取るように研究していた。それで当たりが弱くなったとは思わないが、以前のようにはいかないのも事実だ。倒せる相手を倒せなくなり、勢いで突破できる場面で止められてしまう。対戦する相手も必死で鍛え、向上しているという事実を、つい忘れそうになるのだった。

肩のテーピングは難しい。筋肉に沿って何重にも貼《は》りつけ、外れないように上から肩全体を補強する。その結果、完成すると、いつもミイラの上半身のようになってしまうのだった。さすがの新条も、これをスマートにすることはできない。まあ、ジャージを着てしまえば外からは見えないし、これで安心できるのだから良しとしなければ。

「オーケイ」新条が、五十嵐の裸の背中をぴしゃりと叩いた。きつい衝撃に、背筋がぴんと伸びる。

「よせよ」

「痛むのか?」新条が心配そうに訊《たず》ねた。

「いや、大丈夫」痛みの感覚には、この三年ですっかり敏感になった。本格的な物ではないが医学書も読みこみ、ある意味怪我のエキスパートにもなっている。本来なら余計なことだよな、と夜中に専門用語の羅列に悩みながら感じることもあった。怪我をしない、離脱しないのが、いい選手の最低条件だ。三年続けてリーグ戦の開幕戦で怪我をして、とうとう一度もまともにリーグ戦を戦わないまま、四年生になってしまうとは。

輝きは、もうない。何が「十九歳で日本代表」だ。

だが、まだ取り戻せるのではないか、とかすかに思っている。最後のシーズン。怪我なく無事に乗り切ることができれば、自分の能力をまたアピールできるはずだ。最終的な狙いは、日本代表への復帰。初めて代表入りして海外のチームと戦った時の高揚感は、その時しか感じたことのないものだった。三年間、遠回りしてしまったが、必ず代表に復帰する。そのために、これから始まるシーズンできっちりアピールしなければならない。

試合用のジャージに袖を通す。ホイッスルが鳴るまでにはまだ間があるが、早く臨戦態勢を整えたかった。公式戦で一年ぶりに袖を通すユニフォームの背番号「7」が、少しだけ重く感じられる。

椅子に腰かけ、両肘《りようひじ》を膝《ひざ》に預ける。ロッカールームの中はざわついていて、自分の中に入りこむのは難しい。だが五十嵐は、自然とその術《すべ》を身につけていた。入学してから三年半、チームに帯同しているよりも、一人でいる時間の方が長かったから。大学のグラウンドよりも、病院のリハビリルームやスポーツジムの方が、よほど馴染みが深い。あまりにも長く一人でいたせいか、大勢の中にいても、孤独になれる。

座ってじっとしていると、体の内側からまた熱が噴き出してくるのを感じた。体の熱ではなく、心の熱。頭の中で、試合の場面をシミュレートしてみる。芝の上に転がったボールに飛びつく。ラインアウトで隣の選手と競り合い、指先でボールを引っかける——しかし何より、相手を叩き潰す快感が、脳裏で勝手に再生された。ステップでかわそうとする相手に一歩早く詰め寄り、バランスを崩したところへタックルに入って、一気に叩き潰す。逆に、タックルに来た相手に低く当たり、撥ね飛ばして突進を続ける。俺が走りぬけた後には、屍《しかばね》が残るのみ。

何故《なぜ》なら俺は、クラッシャーだから。

顔を上げる。目の前では、スタンドオフの野澤《のざわ》が右腿《みぎもも》のマッサージを受けていた。夏の合宿で傷めて、それ以降はまともな練習をしていない。リーグ戦初戦で、いきなりの実戦投入だ。三年目のシーズンで初めてレギュラーポジションを獲得したのだが、今のところ、この男以外に試合を任せるスタンドオフがいない、という事情もある。無事に大役をこなしてくれよ……と一瞬思ったが、すぐに自分のコンディションが気になる。

ゆっくり立ち上がってみた。最も新しい怪我——右膝は、しっかりテーピングした上に分厚いサポーターに覆われている。テーピングがきついので、ほとんど膝から下の感覚がないほどだった。

一年前のこの怪我はひどかった。思い出すだけで戦慄《せんりつ》が走り、体が震えるほどだった。自分のミスとはいえ、そう考えても恐怖を乗り越えられるわけではない。痛みは、強烈な記憶となって脳に染みつくのだ。

◆

三年生のシーズンは、恐る恐る始まった。肩の怪我のリハビリが長引き、チームに合流できたのは、夏合宿に入ってからだった。ラグビーにおける夏合宿は、地獄とほぼ同義語である。元々冬のスポーツなのに、わざわざ暑い季節に集中的に練習するのは、昔からの伝統だ。体力的にどうこういう問題よりも、精神的に鍛える意味合いが強い。確かに、三十度を超える気温の中、スクラムの練習を百本も繰り返すと、最後の方では意識が薄れてくる。試合も、冬と同じようなわけにはいかない。サッカーとは違うから、八十分間、終始走り回っているわけではないのだが、短い距離のダッシュを数キロ重ねることになる。急速に体力が奪われる中、スクラムを組み、密集でボールを奪い合うプレーも必須のフォワードの疲労感は、他のスポーツと比べることもできない。

それでも、無性に悔しかった。日焼けして、体が引き締まった仲間たちを見た時の、情けない気持ち……自分だけが出遅れているという感覚は拭えなかった。

だからこそ、必死で仲間たちに食らいついた。肩の故障の恐怖はまだ残っていたが、どうしても追いつきたかったから。あんな気持ちになったのは初めてだったと思う。ラグビーを始めた中学時代からずっと、自分は常に先頭に立っていると感じていたし、それは大学に入っても変わらなかった。練習にも楽々とついていけたし、一年生の時からレギュラーポジションを奪えた。空きがあったわけではなく、四年生の先輩を蹴落《けお》としてのことだから、誇っていいと思う。

だからこそ、自分が人の後ろを歩くのは我慢できなかった。連中についていけないのではないか、今年はレギュラーとして先発できないのではないか。不安は焦りに変わったが、それでも体を苛《いじ》め抜くことで、消し去ることができた。結局去年も、三年連続で背番号7を背負い、開幕戦に臨むことはできた。

そしてまた、怪我をした。また、開幕戦で。

試合開始早々、センターライン付近での密集から、五十嵐はボールを持って抜け出した。バックスの攻撃ラインがまだ整っていないことを見越してのサイド攻撃。フォワードでつないで陣地を獲得し、バックスの準備が整うのを待つ——というのは建前で、とにかく最短距離でボールを前へ運ぼうとするのは、フォワードの本能のようなものだ。

相手のディフェンスラインは整っていた。密集の脇をすり抜けて五メートルほどは前進したものの、正面からタックルを受ける。激しい当たりで、一瞬自分も相手も動きが止まってしまう。体勢を立て直して再度突進しようとした瞬間、別の選手のタックルが横から突き刺さってきた。

横からのタックルは、正面からのそれに比べてはるかに危険だ。特に止まっている時は、弱い部分でもろに衝撃を受けてしまうことになる。その時も、五十嵐はタックルの衝撃をもろに受けた。受け流すこともできず、まるで膝が横向きに折れるような衝撃を味わう。やってしまった、と思った次の瞬間には、芝の上に這いつくばっていた。

◆

去年の怪我もひどかった。骨折の他に靭帯《じんたい》も損傷しており、一年後の今また、希望ヶ丘のロッカールームに帰ってこられたのは奇跡だと思う。医者もそう言っていたし、五十嵐本人も驚いていた。

レントゲン写真を見せられた時のことを思い出す。これで五十嵐の治療が三度目になる医師は、しばらく無言だった。残酷な事実を告げるのを躊躇《ためら》っていたのは明らかだったが、五十嵐は何とか気持ちを奮い起こして訊ねることができた。「来年のシーズンには間に合いますか」と。

自分の四年間――実質的に三年半は、ほぼ怪我との戦いだった。どうして気持ちが折れなかったのか、自分でも不思議だ。

立ち上がり、ゆっくりと膝を屈伸しながら、全身と会話を交わす。足首――オーケイ。肩――問題ない。膝も何ともなかった。もちろん、先ほどまで本番並みに激しい当たりの練習を繰り返していたのだから、何ともないことは分かっている。プレーに支障が出そうな問題は一切ない。一番心配な膝は、曲げ伸ばしする度に、奥の方でかすかな音がするようだが、痛みにつながるようなものではない。

「大丈夫か」新条が声をかけてきた。

「ああ」一々気にしてはいけない。この男の「大丈夫か」は口癖なのだ。誰に対しても、試合前にこうやって呼びかける。もしかしたら、不安な心の裏返しかもしれない、と五十嵐は思っている。

「本当に大丈夫か？」

珍しく、本気で俺の体のことを心配しているのだ、と分かった。無言でうなずく。気持ちはありがたいが、何度も同じ返事をするのは馬鹿馬鹿しい、と思った。

「こんな時にこんなことを言うのも何だけど……昨夜、監督に呼ばれた」

「何だって？」針でちくりと刺された痛みのように、不安が生じる。キャプテンの新条は、監督と一番話す選手だろう。しかし、わざわざそれを自分に告げるのは、何かあったとしか思えない。

「監督も心配してるんだ」

「俺の怪我のこと？」

「そう」

「馬鹿言うな」

言うなり、五十嵐は新条の両肩を摑《つか》み、古傷の残る左肩を相手の左肩にぶつけていった。試合前、「体を解す」ためにこうするのだが、実際は気合いを入れるための儀式のようなものである。体を離すと、新条が渋い表情を浮かべているのが見えた。

「お前も本気で心配してるのか？　全然平気だったじゃないか」五十嵐は左肩を大きく回してみせた。先ほどの当たりの練習でも、痛みはまったくなく、むしろ心地好《よ》いショックを感じただけだった。

「途中交替もあるかもしれないからな」

「何だよ、それ」五十嵐は顔から血の気が引くのを感じた。

「怒るなよ」

言われて、拳《こぶし》を握りしめていたのだと気づく。こいつを殴っても何にもならない。頰《ほお》を膨らませてからふっと息を吐き、肩を上下させる。

「怒ってないよ」

「監督だって、心配してるんだぜ。本当なら、チーム全体に目を配らなくちゃいけないのに、お前のことは特に気にかけてるんだ」

「えこひいきはよくないな」おどけて言ったが、自分のジョークが自分の気持ちを凍りつかせた。自分と内川の間に、特別な関係があるとは思っていない。選手と監督、それだけだ。もちろん、怪我からの回復具合については逐次報告していたし、内川も気にかけてくれてはいたが、それはあくまでチームの戦力を考えてのことだと思っていた。主力選手がリーグ戦に参加できるかどうか——チームの編成を考える上で、自分が駒《こま》になっているのは間違いないのだ。

「お前、三回やってるんだぞ」新条が右手の親指、人差し指、中指を立ててみせた。

「三回やったから、四回目があるわけじゃないだろう」五十嵐はすかさず反論した。

「そうだけど、全部開幕戦だったし……お前は、リーグ戦を一度もまともに戦っていない。つまり……」ちらりと部屋の隅を見て声を潜める。「駒井《こまい》と同じようなものじゃないか」

駒井は苦労人だ。一番下のCチームから這い上がり、四年生になった今年、ようやくセンターのレギュラーポジションを獲得したのだ。部屋の反対側で、こちらに背を向けて立っているが、背番号「12」はどことなく輝いて見える。彼が、このユニフォームを身に着けることを、どれだけ誇りに思っているかは、想像できた。

「俺は駒井とは違うよ」

「お前だって、これが実質デビューみたいなものなんだぞ。リーグ戦の雰囲気、お前は知らないはずだ」

うなずくしかなかった。確かに五十嵐は、初戦の——それも最初の数分間の様子しか知らない。数か月に及ぶ戦いの初戦は、特別な気合いが入るものだが、本当に大事なのは、長丁場をどう乗り切るかだ。中盤でのたるみで、格下のチーム相手に取りこぼすこともあるし、負傷者が相次いで、上位チームとの対戦が立て続けにある終盤に、自分たちのラグビーができなくなることもある。そういう流れを、五十嵐は直接経験していない。

「だから、監督だって心配するんだ」

「心配してもらうほど、俺は弱くない」

「お前を大事な戦力だと考えているからだぞ」新条が真剣な表情で言った。「途中で離脱しないで、最後までチームを引っ張って欲しいと考えているからこそ、心配するんだよ」

「で、お前は何て答えたんだよ」

「大丈夫、としか言いようがないじゃないか」新条が顔をしかめて答えた。「練習や、練習試合の様子を見ている限り、問題ないからな。やってくれると思いますって言っておいたよ」

「だいたい、監督だって近くで見てるんだから……お前に聞かなくてもいいのにな」

「監督はチーム全体を見なくちゃいけないから。だから俺に聞いてきたんだろう」新条が素っ気なく言った。「とにかく、怪我しないでくれよな。今日の試合では、無理することはないんだ。無事に八十分間、試合に出続けてくれればそれでいいんだから」

「途中交替させられなければな」監督の意図が読めず、五十嵐は訊ねた。

「少しでも無理するようなことがあれば、交替させるかもしれない」新条が声に力をこめて強調する。「リーグ戦は長いんだから。全試合フル出場しなくちゃいけないってわけじゃないんだぜ。チーム全体のバランスを考えて、たまには休む必要もある」

「分かるけど、この試合だけは、俺にとっては特別なんだ」五十嵐は目を細め、新条を睨《にら》んだ。

「分かってるよ」困ったように言って、新条が目を逸《そ》らす。

本当に分かっているのか、と五十嵐は訝《いぶか》った。三年続けて、リーグ戦の初戦序盤で怪我をして退場。公式戦のプレー時間は、トータルでも十分に満たないだろう。とにかく八十分間走り、タックルを見舞い、自分のプレーを見せつける。自分をアピールするためには、途中交替などあり得ないのだ。怪我から完全に復帰し、プレーの質も落ちていないと証明するためには、ノーサイドまで戦い続ける。

「決めるのは監督だから」新条が弱気に言った。

「交替させられないように、がんがんやればいいんだろう」

「無理するなって」新条が顔を歪《ゆが》める。「確かに相手も、去年よりは力をつけてるけど、こっちがいつも通りのプレーをすれば、危ないことはないんだぜ」

「いつも通りじゃ駄目だ」五十嵐は冷たく言った。「百二十パーセントを目指さないと、百パーセントも出せない」

新条が何か言いかけた。お前は何も分かっていない——とでも言いたいのかもしれない。

緩急だって大事なんだぞ、と。

しかし今の五十嵐には、そんなことは考えられなかった。常に全力以上を目指す。そういう意識でいないと、プレーの質は向上しないのだ。その結果の怪我なら……馬鹿な。余計なことを考えてはいけない。最初から怪我を恐れてプレーするなど、負け犬の発想ではないか。

ひたすら、自分のプレーを向上させるために。他のことは考える必要もない。

だが、どうしても「交替」という言葉が頭から消えない。選手は試合に出てこそ価値がある。もちろん、選手の交替は作戦のうちだから、監督が決めることだ。疲労の激しい選手に代えて、温存していた選手を投入するのは、ごく当たり前の戦術である。

しかし自分は、代えられるべき選手ではない。

キックオフからノーサイドまで、グラウンドを走り回って敵の選手をなぎ倒す。余人をもって代え難いはずなのに……。

ロッカーの椅子に座りこんで、また床を見詰める。じわじわと、嫌な記憶が蘇《よみがえ》ってきた。

自分だけ、試合にも練習にも参加できない孤独感。それを埋める材料は何もなく、ひたすら耐え続けるしかなかった。あんな思いは二度と味わいたくない。要するに、怪我をしなければいいわけで……だいたい、公式戦のフル出場を達成したら、それ自体が久しぶりなのだ。それこそ、ジャパンの海外遠征以来。体力的に問題があるとは思っていないが、実質、三年以上のブランクが空いていることになる。練習試合や親善マッチでは、公式戦の緊張感は決して味わえない。神経が張りつめ、ちょっとした拍子で切れてしまうかもしれないと思う、あの雰囲気……。

ふと、影が差した。顔を上げると、内川が立っていた。無表情で、何を考えているのか分からない。

「ちょっといいか」少し遠慮がちな物言い。

立ち上がると、監督を見下ろす格好になった。身長差は十五センチ近くあるが、五十嵐は背中が緊張するのを意識した。優男《やさおとこ》に見えて、内川は猛獣使いなのだ。言葉で荒くれ者たちを手なずける。五十嵐も、内川に対して不満を持っていたのを忘れ、つい直立不動の姿勢を取ってしまった。試合は選手たちの物だが、その前後、チームは監督の物になる。

内川が踵《きびす》を返し、ロッカールームを出て行った。慌てて後を追う。廊下に出ると、内川は壁に背中を預け、腕を組んだ。下級生たちが、試合の準備で慌ただしく動き回っており、とても落ち着ける雰囲気ではない。しかし内川は、こういう騒々しい気配も気にならない様子だった。五十嵐は彼の前に立ち、「休め」の姿勢を取った。

「新条から聞いたか？」

「聞きました」自分の顔が歪むのを意識する。

「状況次第で、後半の適当なタイミングで交替するかもしれない。こんなことは言いたくないが、大差がついたら、無理する必要はないんだから。下級生も試したい」

慎重に言葉を選んでいるな、と思った。だが、内川は本音を言っている。そもそも「大差がついたら」など、公の場では絶対に言わない台詞《せりふ》だ。どんなに実力差のある相手でも、全力で叩き潰す。こっちが百点挙げていても、相手を零封《れいふう》すべく全力を尽くすべきなのだ。ちょっとした気のゆるみは、次の試合に悪い影響を及ぼすことがある――しかし本音では、誰もが今日の試合は楽勝だと思っている。相手は去年のリーグ戦最下位。それなりに戦力を整えてきたと言っても、力の差は明らかである。

「最後まで全力でいきます」

「いや――」

「怪我なら大丈夫です」五十嵐は「大丈夫」に力をこめて言った。無闇《むやみ》に全身に力が入るのを意識する。

「それは分かってる」真顔で内川がうなずいた。「医者からも話を聞いてるし、お前がどれだけ頑張ってきたかも知っている。だけどうちは、勝ち続けなくちゃいけないんだ。二年連続で大学選手権を逃したら、お前も安心して卒業できないだろう」

「どういう意味ですか」喉元《のどもと》にナイフを突きつけられたような気分になった。お前がいても勝ち続けられない、役立たずだと言われたも同然である。だったらどうして俺を先発メンバーに選んだ？　使えないと思えば、リザーブにしておけばいいのに。

想《おも》い出《で》作りか、と訝った。今までわずか十分しか公式戦に出ていない俺に、シビアな雰囲気を味わわせてやろうと——まさか。内川は何よりも勝ちを最優先にする男である。そのために、実力では当落線上にいた四年生が、何人もレギュラーから脱落しているのだ。もしかしたら今日の試合は、万が一にも取りこぼしはないと思って、俺を先発させた？重要な試合、リーグ戦の後半では使わないつもりか？　耳が熱くなるのを、五十嵐は意識した。

「無理して欲しくないんでね」内川が自分に言い聞かせるように言ってうなずいた。「シーズンは先が長い。お前のラグビー人生はもっと長い。な？」

伸び上がるようにして、五十嵐の肩——怪我しなかった方だ——を軽く叩き、内川はロッカールームに消えた。五十嵐はしばらく、その場を動けなかった。将来を考えて。いかにも監督が言いそうな台詞である。怪我なく無事に卒業させることも、監督の責任。

あの人は、分かっていない。そんなことまで面倒を見てもらわなくてもいいのだ。怪我は自分一人の責任である。もちろん、自分では避け得ないアクシデント的な怪我もあるが、大抵は下手なプレーをした選手自身に問題がある。俺だってそうだった。過去三回の怪我は、全部自分のミスだったと認めている。

俺は絶対に降りない。リーグ戦全試合を戦い抜いて、存在価値を示してやる。一分たりとも、他の選手に注目を譲るつもりはない。

◆

芝、そして土の熱さを、五十嵐ははっきりと感じていた。日光がグラウンドに集中して集まってしまっているようで、風もないせいか、とにかく暑い。今日は間違いなく、この暑さとの戦いになるな、と覚悟した。同時に、自分が怪我をした過去の三試合も、全て暑い日のゲームだった、と思い出して不安になる。馬鹿な。全部リーグ戦の開幕試合で九月に組まれていたのだから、暑いのは当たり前じゃないか。

ぐるりとスタンドを見回す。シーズン最終盤の秩父宮ともなれば、それなりにスタンドも埋まるのだが、今日はほとんど空席で、シートの青が痛いほど目に染みる。スタンドに陣取っているのは、ベンチに入れない選手と、わずかなOBぐらいだ。その視線を、五十嵐は痛いほど感じる。去年、大学選手権出場を逃したのは、OBたちの間で大きな問題になったのだ。内川が、肩身の狭い思いをしたのも分かる。

キックオフを取り、スタンドオフの野澤がボールを持つ。右腿には白いサポーター。シーズン当初から怪我を抱えたままというのは、精神的にもきついだろう。

一方俺は絶好調だ。絶好調だと思いたかった。

キックオフ。

野澤は、深々とボールを蹴りこんだ。二十二メートルラインの内側でボールをキャッチした相手チームのナンバーエイトが、すかさずスタンドオフにパスする。ゴールライン際でボールを手にしたスタンドオフは、余裕を持って蹴ってきた。ボールは外に出てもいい、という覚悟で、とにかく陣地を押し戻す狙いである。

切れない。ボールが自分のところに飛んでくるのを見て、五十嵐の興奮はいきなり最高潮に達した。怪我の不安も、内川の思惑も、全てが頭から吹っ飛んでしまう。ボールをキャッチして、そのまま突っこんでいくのは、自分の見せ場なのだ。

わずかに右に移動する。横にはバックスの選手が何人かいたが、ここは自分が突っこむべきだ。一刻も早く相手の選手とコンタクトして、手応《てごた》えを確かめたい。

ボールがすっぽりと胸に収まる。五十嵐は前傾姿勢を取り、真っ直ぐ、ゴールラインへ向かって最短距離で突進を始めた。すぐに、相手のプロップと対峙することになる。上背はそれほどでもないが、いかにも重心が低そうな体型。最初の勝負の相手としては、申し分ない。

右肩から当たっていった。肩と肩が衝突し、激しい衝撃が骨を揺さぶる。一瞬、頭の中が真っ白になるほどだったが、痛みはない。衝突の衝撃で、二人の間にわずかな距離が空いた。プロップはひるまず、もう一度タックルをしかけようとしたが、五十嵐はさらに頭を下げ、相手の胸板に肩をぶつけていった。相手が仰向《あおむ》けに倒れる。跨《また》ぎこして、さらに前進を続けた。

二人がかりで、左右から止めに来る。五十嵐は身を沈めて、二人の腕を撥ねのけた。タックルが甘いんだ——内心、雄叫《おたけ》びを上げながら、まだはるか先にあるゴールラインを目指す。スパイクがしっかりと芝を嚙《か》む感触が頼もしい。行ける。とにかく行くんだ。

だが五十嵐は、状況を見失うほどには興奮していなかった。後ろにフォローが来ているのは気配で分かる。相手のマークを引きつけ、前に隙間《すきま》が空いたところで、最高のパスを出してやろう。自分で突破するだけでなく、前進を演出するのも、フォワードの醍醐味《だいごみ》だ。

五十嵐は少しだけ外へ流れて走った。相手のツインタワーの一人——ロックの片割れが迫って来る。確かに体は大きいが、まだ線が細い感じだ。このまま突破できるかもしれないと思ったが、予定通り、パスをつなぐことにする。

十分引きつけ、軽く当たる直前に右へパスを出した。すぐに摑まえられたが、暴れて束縛から逃れる。

次の瞬間、嫌な音が立て続けに聞こえた。肉と肉がぶつかる衝撃音。体がグラウンドに叩きつけられる音。息が抜けるかすかな音。一瞬間を置いて、喉の奥から絞り出すような苦悶《くもん》の声。

ホイッスル。

慌てて振り向くと、ボールが芝の上に転がっていた。その少し後ろで倒れているのは……新条。右膝を抱えて、転げ回っている。真っ青な顔を濡《ぬ》らしているのは、脂汗ではないかと思った。

まずい。

五十嵐は瞬時に状況を理解した。横からタックルに入られたに違いない。去年の俺と同じ状況……そして、この事態を引き起こしたのは俺だ。ホスピタルパスを送ってしまったに違いない。パスを受ける時、選手は一瞬無防備になる。そのタイミングを狙ってタックルされたら、受け身も取れない。相手が受け取るタイミングも考えてパスすべきだ——病院送りのパスなんて、最悪だ。これではまるで、ラグビーを始めたばかりの素人ではないか。

五十嵐は新条の横に跪《ひざまず》いた。硬い芝が、膝をちくちくと刺激する。

「大丈夫か？」

こんな台詞しか言えない自分が情けない。だが新条は、恐るべき精神力で、既に落ち着いていた。右膝を伸ばした状態で、何とか上半身を起こす。そのまま立ち上がろうとしたが、右膝に力が入らないようで、崩れ落ちてしまった。慌てて助けに入ると、逆に「すまん」と謝られた。

「お前は、別に——」

「申し訳ない」痛みのせいか、情けなく思う気持ちのせいか、新条の目には涙が浮かんで新条は自分では立ち上がれず、担架で運ばれて行った。ベンチの方を見ると、リザーブの本田《ほんだ》が、慌てて飛び出して来るところだった。この場であいつを入れるということは……自分がナンバーエイトに入らないといけないんだな、と判断する。予想した通り、本田が五十嵐を指差し、「エイト」と叫んだ。

早々、ファーストスクラムが組まれる。新条がボールを前に落としてしまったので、相手ボールだ。スクラムの一番後ろにつくのは試合では初めてだったが、練習ではこなしている。何とかなるだろう。

スクラムをぐっと押しこむ。相手チームは辛《かろ》うじてボールを出し、スタンドオフがボールを外へ蹴り出した。ボールが出た地点へ向かいながら、五十嵐は気持ちが一気に落ちこんでいくのを感じた。

俺の身代わりじゃないのか？ 俺が怪我する代わりに、新条が怪我した。それも、俺の下手なパスが原因で。ラインアウトの列に並ばなければならないのに、気持ちが後ろ向きになってしまう。

七人が並ぶラインアウトで、五十嵐は最後列だ。ぼうっとしてサインを聞き逃してしまい、気づいた時には、密集ができていた。慌てて後ろへ回りこみ、密集を押しこむ。バランスが崩れて、数人の選手が固まったまま、サイドラインを割った。もう一度、ラインアウト。

「おい」本田に脇腹を小突かれる。「ぼうっとしてるなよ」

「分かってる」

分かっているが故に苛立《いらだ》つ。味方に怪我をさせて、プレーに集中できなくて……今の俺は最低だ。とても、自分のプレーをアピールするどころではない。こんなことでは、復帰戦は最悪の結末になる。試合に勝つのは当然としても、自分が駄目だったら……。

「おい！」

ベンチの方から声が飛ぶ。見ると、担架で運び出された新条が、リザーブの選手二人の肩を借りて立ち上がっていた。右足は地面についていない。ああ、あれはやはり、俺と同じ怪我かもしれない。骨がどうなっているかは分からないが、おそらく靱帯をやられている。たぶん、シーズン中の復帰は無理だ。顔面から血が引き、一瞬気が遠くなる。あいつは本当に、俺の代わりに怪我したようなものではないか。

「五十嵐、あと、頼むぞ！」

それだけ言って、新条がベンチに腰を下ろした。あまりにも痛々しく、直視できない。

しかし彼の言葉は、瞬時に五十嵐の頭に染みついた。

「この試合は、お前がキャプテンだ」本田が言って、他の選手を見回す。全員が、一斉にうなずいた。

「ちょっと待て――」

「いいから、次行くぞ」本田が怒ったような口調で言った。「マイボールだからな」

そう、これから怒濤《どとう》の攻撃を始めなければならない。

頼む、か。

五十嵐は突然、全ての緊張感と焦りが消えるのを感じた。この試合はたった今、俺に託《たく》された。キャプテンの命令だから、従わざるを得ない。新条の代わりに、試合をコントロールし、勝利を目指して仲間を鼓舞する。

何が、「自分のために」だよ。「アピールするため」なんて、ただの嫌らしい考えじゃないか。

五十嵐は大きく肩を上下させた。俺は間違っていた。三度の大怪我。段々細く消えていく未来。生き残るために、自分の力を誇示することしか考えていなかった。

そうじゃない。ラグビーは、誰か――チームメートのためにやるものだ。味方を信じて命を預け、たった一つの目的のために心を一つにする。スポーツにおけるチームなど、極論すれば選手一人一人のエゴの固まりに過ぎないが、ラグビーだけは違う。私心を捨て、チームのために自分を犠牲にしない限り、目標――勝利は遠のくばかりである。

三度の怪我は、自分に対する罰だったのだ。俺はたぶん、天狗《てんぐ》になっていた。それではいけないと教えてくれたのが、あの怪我だったと思う。

このままこの試合を続けていたら、俺は何も得られなかったかもしれない。痛みに耐え、リハビリばかりしていた三年間で、ラグビーの基本さえ忘れてしまっていたのだ。

集中。

この試合をリードする。自分のことはその後だ。ラインアウトに並びながら、左の上腕を摩《こす》る。新条が渡してくれた、目に見えないキャプテンマークがそこにあった。

右と左

1

さて、弱った……プロ野球・横浜パイレーツの監督、平井武司《ひらいたけし》は、キャップを脱いで髪をかきむしった。こういうことがあるから野球は面白い、と「外」の人間は言うだろう。だが自分のように「中」にいる人間からすると、とんでもない話だ。どうすりゃいいんだ、と溜息《ためいき》が出てしまう。

つい三十分ほど前までは、こんな状況になるとは思ってもみなかった。野球では、ほんの一瞬のプレーで試合全体がひっくり返ってしまうこともあるが、この試合はまさにそのパターンだった。千試合に一度ぐらいしか起きないかもしれないが、絶対に起きないことではない——そして、シーズンの順位争いにまで大きな影響が出る。

溜息をついて立ち上がる。ユニフォームを脱いでロッカーにかけ、アンダーシャツ一枚になってまた椅子《いす》に腰を下ろした。秋も近いはずなのに、今日もむしむししている。築三十年になる本拠地、ベイサイド・スタジアムは空調の効きが悪く、真冬でない限り、どこにいても汗をかく。もう少し何とかならないかと、球団には散々文句を言っているのだが、チームの経営陣は、インフラ整備に金をかけるつもりは一切ないようだった。噂《うわさ》では、十年後を目途に建て替えを計画しており、それまではけちけちと金を貯《た》めていくつもりらしい……しかし自分が新しい球場で指揮を取る確率はゼロに近い――何しろ十年後の話だ――ので、とにかく今、何とかして欲しかった。

デスクの一番下の引き出しを開け、ウイスキーのボトルを取り出す。小さなグラスに注《つ》いで一気に呷《あお》った。胃がかっと熱くなる、いつもの感触。こういう呑《の》み方をすると、体に良くないらしいのだが、長年の癖なのでどうしようもない。試合の後の一杯――ホームゲームの時だけだ――が、ささくれだった神経をどれだけ癒《いや》してくれるか、酒を呑まない人間には絶対に分からないだろう。それに、呑むのはこの一杯だけなのだ。プロ野球の監督には正真正銘の呑兵衛も多く、本拠地や自宅の近くに馴染《なじ》みの店がある場合も少なくない。しかし平井は、そういう店で呑むのを好まなかった。ただ、監督室で引っかける一杯――それが、野球の試合という非日常から日常へ戻るための儀式になる。

ボトルに栓をする……しかし今日は、簡単には日常へ戻れそうになかった。あまりにも非日常的なことを経験してしまうと、ウイスキー一杯ぐらいではどうにもならないものだ。一瞬躊躇《ためら》った後、もう一杯注いでまた一気に呑み干す。二杯目は少しだけ刺激が弱く、素直に胃に納まった。しばらく、手の中でグラスを転がし続ける。シャワーを浴びて着替え、さっさと帰らなければならないのだが、どうしてもその気になれない。

アンダーシャツ姿のまま、デスクに載った一枚のDVDを手に取る。場内カメラの映像を、試合終了と同時にディスクへ焼いて、スタッフが用意しておいてくれるのだ。普段は見もせず、ロッカーにしまいこんでしまうが、今日はしっかり観《み》ておかないと。何故《なぜ》あんなことが起きたのか……もちろん、分析したところで何にもならない。ああいうプレーは狙《ねら》ってできるものではなく、今後の参考にはならないからだ。

DVDをセットし、一人がけのソファに腰を下ろす。手の中でリモコンをいじっていると、誰かがドアをノックした。割れた声で「はい」と返事すると、ドアが開き、ヘッドコーチの灰田《はいだ》が姿を見せる。

「どうぞ」珍しいな、と思いながら平井は彼に向かって手を差し伸べた。

灰田が遠慮がちに部屋に入って来る。本拠地の監督室といっても、それほど広くも贅沢《ぜいたく》でもない。三人も入ると息苦しいほどで、平井はこの部屋では打ち合わせなどをしたことがない。コーチ陣もそれは分かっていて、用事があっても監督室を訪れることは滅多になかった。

向かいのソファに灰田を座らせる。こいつも年を取ったな、とふと思った。パイレーツで一緒に仕事をして、もう四十年になるのだ、と気づいて我ながら驚く。ドラフトの同期。平井が大学から三位で、灰田は高校から五位で入団して以来、選手として、あるいはコーチ同士として断続的に四十年もつき合ってきたのだ。特にここ五年は、監督とヘッドコーチという、今までにない密接な関係で仕事を共にしている。四歳年下のこの男は、平井がまさに右腕と頼む男だ。

「珍しいな」

「ちょっと気になる……確認しておきたいことがありまして」灰田が低い声で切り出す。

「何だ」

「明日の先発、どうするんですか」

「それを今言うか？」

「いや、でも……今決めないと」

「まあな」平井は顔をしかめた。この問題は切迫した、かつ極めて重大なものである。本来、明日の先発投手には今日のうちに通告しておかねばならないのだが、今回に関してだけは、平井は敢《あ》えて黙っていた。

誰が投げても同じだと思っていたから。

シーズン最終戦だが、もうどうでもいい、と考えていたのだ。少なくとも、つい数十分前までは。今日負けて最下位が確定したら、自分は馘《くび》になる可能性が高かった。しかし今、「五位」を飛び越して「四位」が見えている。今年のリーグは、下位チームが稀《まれ》にみる接戦を繰り広げていて、一試合を残した時点で、三チームが僅差《きんさ》の中にひしめいているのだ。

現在、四位がベアーズ、今日勝ったパイレーツとイーグルスが〇・五ゲーム差で同率五位——最下位で並んでいる。明日の試合の結果次第では、パイレーツが一気に単独四位に浮上してレギュラーシーズンを終えることもあり得る。そうなったら……シーズンそのものがひどい戦いぶりだったことは認めるが、四位は最下位よりましである。首がつながる可能性も出てくるはずだ。

となると、投げるのが「誰でもいい」というわけにはいかない。

「今晩中には、本人に知らせたいですよね」灰田が念押しした。

「まあな……でも取り敢えず、今日の試合をもう一度観ておかないか？」

「監督……」灰田が溜息をついた。「それを観たところで、明日の先発ピッチャーが決まるわけじゃないですよ」

「いやいや、これは野球関係者として観ておかなくちゃいけないものだよ。しっかり頭に焼きつけて……」

「結論は先送りですか」

灰田が鋭い声で指摘したので、平井は唇を引き結んだ。この男は……作戦面、それに選手の育成に関しては本当に頼りになるのだが、年を取るにつれ、遠慮がなくなってきた。パイレーツ生え抜きの人間としては、二人とも最古参だから、ということもあるだろう。灰田の方では、平井に対して「ボス」というより「同志」のような意識を持っているようだ。

「まだ時間、あるだろう」

「夜中に先発を指示されても困りますよ」

「まあまあ……今日の試合、もう一度観たいんだ」確かに先送りなのだ、と自分でも分かっている。しかし決めるのは、この場面をもう一度、しっかり確認してからでいい。奇跡を観れば、決心がつくかもしれない。

2

大洞玲人《おおほられいじ》は、釈然としない気分を抱えたまま風呂《ふろ》を出た。試合が終わって既に一時間以上。今日はベンチ入りせず、ずっと球場のトレーニングルームにいて、場内テレビで試合を観ていた。終わってさっさと帰ってきたのだが……まだ電話はない。明日投げさせるつもりなら、もうとうに連絡があって然《しか》るべきなのに。

大洞は、無駄なことはしないタイプだ。体力的な問題だけでなく、気持ちの方も同じである。投げない日は、ひたすらだらだら過ごす。先発が決まっている時は、前日から自分なりのジンクスを守りながら、様々な準備をこなしていくのだが……。

ジンクスその一、風呂では利き腕の右手を濡《ぬ》らさない。指先の感覚は非常に大事で、少しでもふやけるとボールをしっかり握れなくなる。もちろん、前日に風呂に入ったからといって指先がふやけ続けているわけはないし、投げる当日でも顔や手を洗ったりして手は水に触れるのだが、風呂はまた別なのだ。今日も、左手だけで体と髪を洗い、最初の儀式を終えた。

ジンクスその二、風呂上りには牛乳を飲む。普段は水なのだが、先発前日は牛乳だった。飲んだからといって、いきなり骨が強くなったりするはずもないのだが、気分の問題である。

ジンクスその三、右手の爪《つめ》を丁寧にやすりで整える。これはジンクスというより、ピッチャーとしてやっておかねばならないことだ。

馬鹿馬鹿しい……ネイリストが仕上げたように綺麗《きれい》になった爪を見ながら、大洞は溜息をついた。投げるのか投げないのか。状況が分からない時には、「投げる」前提でいないとまずい。やるべきことがたくさんあり、それらをこなさないで明日のマウンドに登ることになったら、上手《うま》くいくわけがないのだから。

こっちから電話すればいいんだよな。

しかし監督に直接、は無理だ。いくら何でも、それは恐れ多い。だったらヘッドコーチかピッチングコーチ……いやいや、考えてみればコーチの携帯に電話したことなど一度もない。結局待つしかないのか。だけど、何時まで？　明日もナイターだから早起きの必要はないが、いくら何でも午前二時に、先発を告げる電話がかかってくるとは思えない。でも、まあ……二時ぐらいまでは待ってもいい。先発の前日、あまり寝てはいけないというのも大洞のジンクスである。たっぷり十時間寝るという選手もいるが、大洞は少しぐらい眠い方がボールが走る——そんな気がする。

ノックの音に、慌ててドアに駆け寄る。ドアを開けると、キャッチャーの水原《みずはら》が立っていた。球場から帰って来たばかりの様子である。レギュラーのキャッチャーとエース——そう自称しても問題ないだろうと大洞は思っている——が二人とも寮に住んでいるのも変な話だが、自分は高卒二年目、水原は大卒のルーキーである。仮にレギュラーポジションを獲得しても、入団から最低二年は必ず寮で暮らすというのが、パイレーツの決まりだった。入団一年目で新人王をとっても同じ。公平な決まりではあるが、何となく釈然としない。まあ、来年からは俺も一人暮らしができるはずだけど、と大洞は自分を慰めていた。高卒入団二年目で、今年はここまで十五勝。チームの勝ち頭で、防御率もリーグ三位だ。堂々と胸を張って退寮できる。

「ちょっといいか？」

「どうぞ」

身を引き、水原を部屋に入れる。水原はいつものように、部屋の中をざっと見回した。

キャッチャーならではというか、水原は常に、周囲の状況を完全に把握したがる。部屋の様子などそんなに変わるわけではないのに、他人の部屋に入ると、いつもじろじろと観察するのが癖なのだ。

水原は部屋の真ん中、床に直接腰を下ろした。フローリングの床は硬いのだが、一人がけのソファが一脚あるだけなのだ。

「水原さん、ソファ、使って下さいよ」

「いや、俺はここでいい」

自分がソファに座るわけにもいかず、大洞は自分も床に直《じか》に座って水原と相対した。冷たい硬さは体に優しくない。長い脚も持て余してしまう。

「明日、先発か？」

「まだ言われてないんです」

「マジかよ」水原が太い眉《まゆ》をぎゅっと寄せる。「おかしいな。いくら何でも、それじゃ準備ができないよな」

そういうことなら、もう準備は破たんした……と思って大洞は顔が蒼《あお》くなるのを感じた。ジンクスその四、風呂を出た後は、この部屋に人を入れない。

「水原さんは、何か聞いてないんすか」

「聞いてない」

「参ったな……」大洞は、まだ濡れている髪をかき上げた。「どうするんすかね。いきなり明日投げろって言われても、困りますよ」

「でも、準備はしてるんだろう？」

「ああ、まあ……準備しないで投げろって言われるより、準備して無駄になる方がましっすからね」

「投げたいだろう」

いきなり直球の質問をされて、大洞は反射的にうなずいてしまった。それを見て、水原がにやりと笑う。

「正直だな、お前」

「だって、あと一勝、欲しいですよ」

「最多勝を取っても、来年の給料はそんなに上がらないかもしれないぞ」

「分かってますよ」大洞は苦笑した。ベースになる今年の年俸がそんなに高くない上に、パイレーツは昔からケチで有名なのだ。ＦＡでしばしば狙った選手を取り損ねるのが、いい証拠である。

「だけど、タイトルはないよりあった方がいいよな。高卒二年目で単独最多勝を取ったら、大したもんだぜ」

もしかしたら、投げないでも最多勝は確定してしまうかもしれないが。現在、リーグでは三人が十五勝で並んでいる。大洞、ベアーズの皆川《みながわ》、そしてチームメートで先輩でもある黒澤《くろさわ》勝《まさる》。皆川は昨日の試合で投げて十五勝目を挙げたが、もう投げる機会はないだろう。

問題は自分たちだ。同じパイレーツで十五勝で並んでいる大洞と黒澤には、どちらにも投げるチャンスがある。明日が最終戦。しかしシーズン終盤で試合日程が飛び飛びになっているために、大洞は中六日、黒澤は七日空くことになる。どちらが投げてもおかしくない。

「体は平気なのか?」

「何ともないっす」大洞は右腕を大きく回して見せた。疲れはある。フルシーズン投げるのは今年が初めてで、精神的な疲労もあった。これが原因で怪我《けが》してしまう若い選手もいるというのだが、大洞は自分のタフさには自信があった。負傷どころか体の張りもなく、無事にシーズンを乗り切ることになりそうだ。もう一試合投げるぐらいは何でもない――いや、絶対に投げたい。

単独最多勝のために。

「でも、どっちが投げるんすかね」

「それがなあ……」水原が渋い表情を浮かべた。「賭《か》けはよくないけど、ここで賭けをするとしたら、俺はお前に張らないね」

「マジすか」大洞は目を見開いた。がっかりしながらも、できるだけ平然とした口調で続ける。「やっぱり、黒澤さんなんすかね」

「今日のベアーズ、延長で負けたんだよ」

「え？　じゃあ、うちと〇・五ゲーム差で四位っすよね」

「そう。だから、明日は絶対に勝ちにいかなくちゃいけない。単独四位の目も出てきたんだ」

「そういう試合は、やっぱり俺なんかじゃなくて、黒澤さんっすかね」平然とした口調を装いながらも、内心ではがっくりきていた。

「どっちが上っていう話じゃないぞ。今年のお前と黒澤さんは、本当に両エースって感じだから」

二人とも十五勝七敗。十五勝を挙げるピッチャーが二人もいてこんな順位に甘んじているのは、他のピッチャーが滅茶苦茶《めちゃくちゃ》だからだ。先発三番手の成績は、七勝十一敗。大洞と黒澤が稼いだ貯金を、他のピッチャーが食い潰《つぶ》している。

「じゃあ、俺でも……」

「黒澤さんは経験が違うから」

この指摘には、渋々だが同意せざるを得ない。今年三十二歳の黒澤は、ちょうど十年目のシーズンを終えようとしている。一年ごとに調子が上がったり下がったりするタイプだが、今年は「当たり」の年だった。通算百勝も達成し、防御率はリーグ一位がほぼ確定している。ここまで二十八試合に先発して、六回までを自責点三以内に抑える「クオリティ・スタート」が実に二十二回と、極めて安定した成績を残した。

「やっぱり黒澤さんっすかね」大洞は繰り返した。

「俺が監督でも、黒澤さんでいくね。明日は四位がかかってるんだから」

「そうすか……」大洞は溜息をついて、無理に笑みを浮かべた。

「そんなに落ちこむなよ。お前は若いんだから、来年以降もいくらでもチャンスがあるんだからさ」

「そうすかねえ……」はっきり言って、まだまったく自信がない。今年がたまたまでき過ぎで、来年以降はまったく駄目、ということもあり得るのだ。他のチームだって、自分のピッチングに慣れてくるだろうし。

そう考えると、このオフの過ごし方は大切だ。今年はスライダーが有効だった。大洞のスライダーはストレートとさほどスピードが変わらない上に大きく落ちる。空振りが取れる貴重なボールなので重宝したが、いつまでも通用するものでもないだろう。もう一つ落ちるボール、例えば鋭く落ちるスプリットを何としても身に着けるつもりだった。

来年のことを今から考えていていいのだろうか——まず、もう一勝。執念を持たず、「今年はこれで終わり」と諦《あきら》めてしまったら、本当に終わるような気がしている。

かといって、祈ったり監督に電話をかけて頼みこんだりするのは筋違いな気もするのだが。だったらどうしたらいいのか……考え始めると、頭が沸騰してしまいそうだった。

3

「もうちょっと濃くして」

黒澤が頼むと、バーテンが黙ってグラスを下げた。

「クロさん、これ以上濃くすると、水割りじゃなくてオンザロックになりますよ」

「水が一滴でも入ってれば、水割りなんだよ」黒澤は、トレーナーの石口《いしぐち》を睨《にら》みつけた。

途端に石口は口を閉ざしてしまう。

不安は酒の量を増やす。黒澤の不安は、既にピークに達していた。明日は恐らく、投げることになるだろう。しかし、まともに投げられるかどうかは分からない。誰にも――それこそトレーナーの石口にも言っていないが、前回の登板で左足首を痛めていたのだ。大した怪我ではなく、来季にまで影響を及ぼすとは思えないが、サウスポーの自分にとっては大事な軸足だ。満足のいくピッチングができるとは思えない。今年はここまで十五勝と、悪くない成績だった。このままシーズンを終えれば、来年も気分よくスタートできるだろう。一年おきに成績が上下するというこれまでのジンクスからすれば、来年は要注意である。怪我の心配はなくとも、せめていいイメージのままシーズンオフに突入したかった。そのためにも、明日は投げたくない。酒を呑み過ぎて二日酔いになれば投げずに済むというものでもないが、どうしても呑むピッチが速くなってしまう。石口がつき合ってくれているのは、こうなるのが分かっているからだろう。自分より若いトレーナーに世話を焼かせて申し訳ない……と思う反面、こいつがいるなら徹底して酔っても問題ないだろう、という甘えもあった。

投げたくないよなあ……。

ほぼオンザロックになった新しい水割りを一口啜《すす》る。この店に入ってどれぐらいだ？三十分？　一時間？　今日はベンチ入りせず、試合前に軽く汗を流してから、クラブハウスで途中まで試合を見守っていた。まさかの幕切れ。ファンにはたまらない展開だっただろうが、黒澤は生で観ていない。冗談じゃない……後から聞いて、どうすれば明日投げずに済むかと悩んで、結局球場近くにある馴染みのバーに逃げこんだのだった。

黒澤は、球場のある横浜市内に、行きつけの店――隠れ家をいくつも持っている。大抵は暗い穴倉のような店で、中に入ってしまえば、隣に座る人の顔も見えなくなる。そういう店を好むのは、顔を見られたくないからだ――自分ではそんなに人気者だとは思っていないが、横浜で酒を呑んでいると、やはり地元のファンに見つかることはある。そういう時、気楽に握手して、何だったらサインもして、一言二言話す——というのが面倒臭くて仕方がない。ファンサービスが悪い、と忠告するチームのスタッフもいるのだが、生来無愛想なのでどうしようもない。自分より若い選手が、ファンと気楽に話すのを見る度に、信じられない思いがするのだった。

酒の刺激がほとんど感じられなくなった。泥酔への第一歩である。これで本当に投げられなくなったら、明日はどんな顔をされるだろう。罰金か……あり得るな。監督の平井は厳しい男で、遅刻や日常生活での怪我を絶対に許さない。特にピッチャーは、包丁も持つべきではない、というのが彼の持論だ。大袈裟《おおげさ》な……と思わず苦笑してしまう。しかし、実際に料理をしていて指を切り、開幕から一か月ほどを無駄にした選手が過去にいたというから、平井にすれば深刻な問題なのだろう。

「クロさん、マジでそろそろやめておいた方が……」石口が心配そうに言った。

「明日の先発、誰だと思う?」カウンターに置いたスマートフォンを見詰めながら、黒澤はぼつりと言った。

「だからやめようって言ってるんじゃないですか。家まで送りますから、この辺にしておきましょうよ」

「家、ねえ」一人暮らしの家に帰っても、味気ないばかりだ。何だったら今夜は、一晩中呑み明かしてもいい。どこかで石口をまいて、一人になれれば……それは無理か。この男はやたらしつこいのだ。

「マジで、明日投げるかもしれないんですから」

「本当にそうなのか？　お前、何か聞いてるのか」

「聞いてないですよ」石口が首を振る。「そんなの、トレーナーの耳に一々入ってくるはずがないじゃないですか」

「しっかりしろよ。そういう情報ぐらい、耳に入れておいてくれ」

「そんなこと言われても……」ぶつぶつ文句を言ってから、石口がビールを一口啜った。最初に頼んだ生ビールをまだ持て余している。「投げたくないんですか、クロさん？」

怪我が心配で……と言いそうになって慌てて口をつぐむ。トレーナーの耳に入ったら、口止めしても無駄だ。すぐに首脳陣の知るところになって、「どうして黙っていた」と叱《しっ》責《せき》されるのがオチである。いや、平井は罰金を科すかもしれない。試合中の「公傷」なんだけどな、と黒澤は皮肉なことを考えた。

「大洞にでも投げさせておけばいいじゃないか」

「マジで、ですか？」石口が目をむく。「いいんですか、奴に最多勝を取られても」

「勝てるかどうかなんてわからないだろう」

「でも、もし奴が最多勝を取れば、面白く思わない奴が大勢いますよ」

「そんなの、個人の勝手だ。俺は別に何とも思わない」

「いやいや……」石口が言葉を濁す。「奴、嫌われてますからね」

「つまらないこと言うなよ」

　忠告はしたが、大洞がチームの中で煙たがられていることは、黒澤にも分かっていた。露骨に暴言を吐いたとか、横柄な振る舞いがあったとかではない。しかし勝ち星を積み重ねるに連れ、どことなく尊大な態度が目立つようになってきたのは間違いない。まあ、高卒二年目で最多勝争いに絡むようなことがあれば、当然態度もでかくなるよな、というのが黒澤の個人的な感想である。元々ピッチャーには、謙虚さに欠けるタイプが多いし。

　しかし、石口にそんな風に言われると、大洞の態度が一々気になってくる。例えばあいつは、マウンド上でしばしば相手打者を見下すような態度を取る。態度というか、目つき。前の打席で三振に切って取った打者を迎えると、露骨に蔑《さげす》むような視線を投げつける。心の中で、「のこのこ出てくんなよ」「この打席も三振だ」とつぶやいているのが、顔に出てしまうようなのだ。もちろん黒澤も、そういう風に考えることはある。ただし絶対に、顔には出ないように気をつけていた。常にポーカーフェース。ルーキーの年、ホームラン王争いでトップを走っていた外国人選手を三球三振させた時、派手なガッツポーズをして、いきなりその選手に乱闘をしかけられた教訓が生きているのだ。日本ではよくあることだが、大リーグでは相手を見下すような態度は御法度らしい。大物助っ人としてその年来日したその選手は、あくまで大リーグの流儀を貫くつもりらしかった。

「別に、誰が投げてもいいじゃないか」

「だったら、クロさんが投げてもいいでしょう」

「俺はもう、今年はいいよ」

「まさか怪我でもしてるんじゃないでしょうね」石口が声を潜める。

「してない」黒澤は大袈裟に手を振った。何となく手がゆらゆらしているのは、既に酔いが回り始めた証拠かもしれない。「誰だって気持ちが切れる時はあるだろう」

「らしくないですね」

「いや、今年はいろいろとタイミングが悪かった。スケジュールが飛び飛びになると、どうしても気持ちをつないでおけなくなるんだよ」

「クロさんみたいなベテランなら、気持ちなんか関係なく投げられるでしょう」

「馬鹿言うな」黒澤は石口の肩を小突いた。「ピッチャーなんて、体力四割、技術二割、気持ち四割だ」

「いやいや、クロさんに限ってそれはないでしょう。いつも平常心で」

「そんなこと、ないぜ」

会話が途切れる。水割りを一口。次第に混乱してくるのを意識した。今日の試合が、あんな結果にならなければな……間違いなくプロ野球史に残る試合だし、自分のチームが勝って嬉《うれ》しくない選手はいないが、黒澤にすれば戸惑いの方が大きかった。ここ数試合の様子から、パイレーツの「チームとしての勢い」が落ちているのは明らかだったから。それなのに、まさかあんな結末が待っているとは……シーズン終盤で試合日程が飛び飛びになっている時には、「勢い」を数値化するのも難しいということか。

それを生で見逃したのは痛かった。今日は投げる予定がなく、ベンチ入りもしていなかったので、試合前に軽く練習し、マッサージを受けただけで、試合途中で球場を抜け出してきたのだ。こんなことになるなら、残っていればよかった……しかし、あんなことが起きると事前に分かるわけがない。

「とにかく今夜はもう、引き上げましょうよ」石口が、黒澤の腕に手をかけた。

「帰りたければ帰れよ」

「そういうわけにもいかないでしょう」

「お前、マネージャーじゃないんだからさ」

「似たようなもんでしょう？」

「俺の面倒を見て給料を貰《もら》ってるわけじゃないだろう」

「とにかく、親切で言ってるんですから、人の言うことは聞いて下さいよ」

「はいはい」適当に言いながら、黒澤はまた水割りを一口呑んだ。何とかトラブルなく、逃げる口実を考えたい。しかし次第に酔いが回る頭では、何も考えつかなかった。

4

これをポーカーに例えると、どういう手になるのだろう、と平井は考えた。確かワンペアは二・四回に一度、ツーペアは二十一回に一度の割合で出てくる。最上位のロイヤルストレートフラッシュは、六十五万回に一回ぐらいではなかったか。

プロ野球の公式戦の総試合数は、交流戦も含めて年間八百六十四試合。となると、ロイヤルストレートフラッシュ並みに珍しい試合が現出するには、七百五十シーズン以上が必要な計算だ。しかし過去にもこの記録――というか出来事はあったのだから、ロイヤルストレートフラッシュほどの「奇跡」とは言えない。

代打逆転サヨナラホームラン、そして「お釣り」なし。ついでに言えばシチュエーションは、九回裏ツーアウト、フルカウントだった。どちらかと言えばバッター側が追い詰められていた感じだが、結果はバッターの勝ち。それも、これ以上ないぐらいの勝ち方だった。

今日の試合、パイレーツは終盤に突き放された。八回まで三対三の同点。しかしスターズが、九回表にヒット四本を集中させ、一気に三点を挙げて勝利への流れを引き寄せた。

この時点では、平井も負けを覚悟した。今日は八回までに三点を挙げていたとはいえ、ここ十試合のパイレーツの平均得点は二・三点に過ぎない。シーズン終盤にきての、突然の打線の不調。残りの攻撃が一回しかない中での三点のビハインドは致命的だった。

しかし今日は、スターズの抑え、向原《むかいはら》が絶不調だった。制球が定まらず、アウト二つを取るも、ヒット一本に二つのフォアボールで、塁が全《すべ》て埋まってしまう。そこでピッチャーに打席が回ったので、平井は代打を送らざるを得なかった。勝てる予感はまったくしなかったが、そのままピッチャーに打たせたら、「敗退行為」と罵《ののし》られかねない。しかし今のパイレーツには、代打の切り札がいない……仕方なく、代走要員の本庄《ほんじょう》を打席に送ったのだが、すぐに失敗を悟った。安全パイの控え選手を迎えて息を吹き返した向原に対してバットを振ることなく、すぐにツーストライクに追いこまれてしまったのだ。これは失敗だと頭を抱えたが、代打の代打を出せるほど、今のパイレーツは選手層が厚くない。

しかし本庄は、ここから粘り始めた。ファールで向原を疲れさせ、何とかフルカウントにまで持ちこむ。そして十球目——内角高めの速球を叩《たた》くと、打球は左中間の一番深いところへ飛んだ。定位置についていたセンターとレフトが追いかける。満塁のランナーが次々にホームインし、同点……そして打球は、フェンスの下部に直撃した後、レフト線の方へ転がった。どうしてそんな跳ね返り方をしたのかは分からないのだが、打球を追っていたレフトは、いきなり方向転換を強いられた。その間、主に足の速さだけで一軍にいる本庄が、一気にダイヤモンドを駆け抜ける。三塁コーチも止めず、ホームへ突入。その時点でも、打球はまだファールグラウンドを転々としており、ようやくレフトがボールを摑《つか》みそうになっただけだった。

滑りこまずにセーフ。ランニングホームラン。

ということは、このホームランには「逆転」「満塁」「代打」「サヨナラ」「ランニング」と五つも冠がつくことになる。何というか……平井は興奮するより啞然《あぜん》としてしまった。もちろん野球では、どんなことでも起こり得る。しかし、完全試合よりも達成される確率が低いであろうこういう終わり方を、目の前で観ることになるとは。ダグアウトにいた他の選手の反応も同様だった。興奮ではなく戸惑い。先にホームインしていた三人の選手こそ、飛びあがって本庄を出迎えたが、ダグアウトから全員が飛び出す祝福は一歩遅れた。本庄が歓喜の波に吞みこまれたのは、ダグアウトに入る直前だった。

DVDはその場面で終了していた。平井は再生を停止させ、ソファに背中を預けた。

「これで、あいつの査定は上がりますか?」灰田が訊《たず》ねる。

「どうかなあ。もちろん珍しいプレーで……いや、いわゆる金が取れるプレーだ。今日、球場にいた人たち全員から、追加料金を貰ってもいいだろうね。十円ずつぐらい」

「……今日の有料入場者数は、一万二千五百人ぐらいだったと思いますけど」

「最後まで観ていた人は?」

「一万人、切ってたんじゃないですかね。九回表で三点差になった時に席を立った人、たくさんいましたから」

「だったら、上乗せ分は合計で十万円ぐらいか」

平井は大袈裟に溜息をついて見せた。計算するのも馬鹿馬鹿しいのだが、すぐに数字を頭の中でこねくり回してしまうのは、昔からの癖である。こんな数字は計算するまでもなかったが。

「ポケットマネーで、賞金でも出してやりますか？」

「うちのチームはケチでね……監督がポケットマネーで賞金を出せるほど、給料を出してくれない」

灰田が疑わしげに目を細める。選手の年俸はほぼ公開されているのだが、コーチ陣の場合は違う。平井自身も、灰田がいくら貰っているか知らなかった。だいたい、監督というのは組織の中では単なる中間管理職で、査定の最終権限は持っていない。ましてや年俸に関しては、決定権はまったくなかった。自分自身が査定される立場なのだし。

「とにかく、このプレーはこのプレーで、終わり」

「しかし、ここにきての一勝は大きいですよ」

「それはそうだが」

平井は、クラブハウスから運んでもらったコーヒーを一口啜った。灰田もそれに倣う。

試合後、ここで軽食を食べるのも慣《なら》わしなので、サンドウィッチもあった。しかし今日は、食欲がない。知らぬ間に興奮して、神経がささくれ立っているのだろうか……いや、違う。決めなければならないことがあり、まだ決心できていないからだ。

「……で、明日はどうするんですか」灰田が本題に戻る。

「どうしようかねえ」カップを見詰める。黒い水面の位置は、ほとんど下がっていなかった。

「いや、監督、本当に」少し語気を強めて灰田が言った。その調子のままカップを勢いよくソファの袖に置いてしまい、中身が少しだけ零《こぼ》れて手を濡らす。既にぬるくなっているので、何とも思わないようだった。左手を持ち上げ、腕時計に視線を落とす。「もうとっくに十時を回ってますよ。そろそろ伝えておかないとまずいでしょう」

「明日じゃ駄目かね？　今晩一晩考えて、じっくり結論を出せば——」

「駄目です」

灰田が即座に言った。表情は険しく、平井は監督とヘッドコーチの立場が逆になったように感じた。

「監督は俺なんだけど」

「監督だからこそ、早く決めてくれなくちゃ駄目でしょう」灰田がぴしりと決めつける。

「そんなこと言われてもなあ……」こんなに優柔不断になったことはない。基本的にシーズン中は、ローテーションを崩すことがないので——崩れないローテーションこそ理想だ——こういう状況には戸惑ってしまう。短期決戦、それこそプレーオフともなると、話はまた別なのだが。

「どっちでもいいじゃないですか。何だったら、二人を継投させたらどうですか」

「継投の順番を前の日に決めるのはおかしいだろう」平井は否定した。何だか責められているような感じで、気分は悪い。

「別におかしくはないでしょう。最終戦ですし、重大な試合なんですよ」

「俺は、先発完投型のピッチャーが好みなんだよな」

「今時そんなの、流行《はや》りませんよ」

灰田の声に棘《とげ》が混じる。やりにくいな……平井は顔をしかめて、コーヒーを一口飲んだ。サンドウィッチにちらりと目をやる。今日は好物の卵サンドか。しかしここで手を伸ばしたら、また灰田に冷たい目で見られそうな気がする。

「よし、本人たちに直接確認してみよう」

「監督、それは……」

「いいんだよ。大一番なのは間違いないんだから、本人たちの精神状態も大事だ。それを確かめてから結論を出してもいいだろう。明日の試合までに言い渡すと言っておけば、準備もできるだろうし」

「監督……」灰田が大袈裟に溜息をついた。

「それじゃ、責任放棄でしょう」

「民主的なチームの運営と言ってほしいね」屁理屈《へりくつ》だと思いながら、平井は腕を伸ばし、スマートフォンを取り上げた。どちらから先に電話するか……まず若い大洞だな。ベテランは、こういう時には慎重に扱わなければ。

大洞の電話番号を呼び出し、スマートフォンを耳に当てる。灰田は立とうとしなかった。これじゃまるで監視だ。しかし灰田は、あくまで明日の先発が決まるまで、この部屋を出るつもりはないのだろう。

「ああ、大洞か？　今、ちょっといいかな」

5

「はい、大丈夫です」大洞は思わず背筋を伸ばした。少し息が上がっている。ジンクスその五——普段よりも入念なストレッチの最中だったのだ。

「体調はどうだ」

「ばっちりです」

「気合いは入ってるか？」

「もちろんです」

こんな風にやる気を見せるのも、今は流行らないのかもしれないが、監督が何故電話してきたか分かっているが故に、どうしても声に気合いが入ってしまう。

「明日の先発なんだがな」

「はい」

脳天から突き抜けるように甲高い声になってしまった。それを聞いた監督の苦笑する様子が伝わってくる。

「まだ決めてないんだ」

一気に熱が冷めた。何も、電話でそんなことを言わなくても。

「はい」それでも素直に返事せざるを得ない。どうして明日の先発が決まっていないのかは分からないが、もしも迷っているなら、少しでも心証を良くしておかないと。やる気、闘志、前のめりの姿勢——そういうものを嫌う監督はいないはずだ。あまりにも前のめり過ぎて、チームの中で少しだけ周囲に引かれているのは自分でも分かっている。しかしまだ二年目の選手は、たまたま上手く投げられたというだけではアピールできない。明日のような大一番で結果を残してこそ、来季につながるのだ……しかし考えてみれば、その「大一番」は単なる四位争いなのだが。

「悪いが、投げるつもりで準備しておいてくれないか」

「もう、そのつもりでした」

「そうか」電話の向こうでまた平井が苦笑したようだ。「まあ、今夜はよく寝て、明日は最高の体調でいてくれよ」

「もちろんです」元気よく答えたが、ふと心に疑問が忍びこむ。「あの、監督……」

「何だ?」

「どうしてまだ決まってないんですか」自分か黒澤か。どう考えても、二人のうちどちらかとしか考えられない。

「それはいろいろ、事情があるから」

「はあ」

「選手は、細かいことなんか考えなくていいんだ。そういうのは俺たちの仕事なんだから、任せておけ」

「分かりますけど……」

「とにかく、準備だけはしておけよ。頼むな」

何だか逃げるような感じで、平井は電話を切ってしまった。意味が分からない……まるで、「自分には判断力がない」と自ら宣言しているようなものではないか。

「俺が投げるに決まってるだろう」つぶやき、大洞はスマートフォンを充電台に戻した。決まってる、と傲慢《ごうまん》に考えられるのには理由がある。最終戦は今日と同じくスターズとの試合なのだが、大洞は絶対の自信を持っていた。かつての名門・スターズも今や凋落《ちょうらく》し、マウンドに上がっていてもまったく恐怖を感じない。今年は三位が確定していたが、大洞は一人でスターズから四勝を稼いで負けなしだった。相性がいいというか、とにかく呑んでかかれる相手なのだ。子どもの頃の強かったスターズのイメージが残っていたシーズン序盤こそ、二試合連続でノックアウトされた——黒星はつかなかった——が、三試合目の先発からはむしろ、気分が楽になっていた。開き直ったというべきだろうか。振り回してくるバッターの多いスターズ打線は、大洞のスライダーと相性が悪いことが分かったのだ。

ＤＶＤプレーヤーの電源を入れ、七月のスターズ戦のピッチングを見返すことにする。自分が投げている場面だけを編集したものなので、一時間少しで全部観られるのだ。

この日は、プロ入り最高——わずか二年のプロ生活だが——のピッチングだったと、今でも胸を張って言える。百十球で完封。許したヒットはわずか二本で、二塁にランナーを進ませなかった。奪った三振は十四。これは、パイレーツのルーキーとしては、チーム史上最高の記録だった。去年はずっと二軍暮らしだった大洞は、今年も当然ルーキー扱いで、新人王はほぼ手中に収めたと言っていい。ライバルと言えば……そう、スターズの堀《ほり》ぐらいだ。

その堀は今年、ホームラン二十二本を放って、早くも怪物ぶりを発揮している。打率二割九分五厘、打点七十五は、大洞さえいなければ十分新人王の資格あり、だろう。

何より自分が有利なのは、この堀を完璧《かんぺき》に抑えていることだ。

七月、堀は既に三番に入って打ちまくっていた。実際、その月は月間MVPを獲得しているぐらいである。しかしこの試合——大洞は堀を四三振に仕留めた。第一打席、ツーアウトランナーなしで対峙《たいじ》した大洞は、ストレート中心で攻めた。この日はボールの指へのかかりが最高で、とにかくストレートに勢いがあったのだ——。

こうやって、自分が投げる姿を画面で観るのは、未《いま》だに違和感がある。画面の中では、まるで他人が投げているようだった。こんなにスムーズに投げているかな……という感じ。適度に力を抜くのが大事なのだが、マウンド上ではつい力が入ってしまう感覚がある。しかし画面上の自分は、キャッチボールに少し力が入ったぐらいの勢いでしか投げていない。

それでも低めのボールは伸び、高めの速球は空振りを誘う。堀は、バットを振らずにツーストライクまで追いこまれた後、高めの釣り玉に手を出して空振りしてしまった。バットを止めようとはしたようだったが、審判の判定はハーフスウィングで空振り。いつも豪快に振り回してくる堀らしくない、中途半端なバッティングだった。

二打席目は、一転してスライダーで攻めた。初球から全て同じ球種。最初の打席では速球しか投げていなかったから、大洞にすれば目先を変えるのは簡単だった。二球でツーストライクに追いこみ、遊びなしで三球目で三振を狙う。いつもより縦回転を意識し、鋭く落ちるボールだった。ワンバウンドするほどの低いコースに対して、堀は無理にバットを振って出て空振り三振。画面に大写しになった堀の目は、不機嫌そうに細くなっていた。

三打席目は、ストレートとスライダーのコンビネーションだ。「速い球に対応する」という意味では同じようなものだが、大洞のスライダーは変化が大きい。堀は何とか食らいつき、ツーストライクからファールで三球粘ったものの、スピードの乗った高速スライダーには対応できなかった。空振り三振の後で膝《ひざ》をついてしまう無様な様子を見て、大洞は思わず頬《ほお》を緩めた。間違いなく、堀は数年後にはリーグを代表するバッターになっているだろうが、そいつに苦手意識を植えつけることができたのは大きい。

第四打席では、チェンジアップを試してみた。それほど自信のある球種ではないのだが、それまで堀は速いボールに目が慣れていたせいか、チェンジアップ二球を続けて、簡単にストライクを二つ取ることができた。最後は、基本に戻って速球。第一打席で仕留めたのと同じ内角高めのボールで、今度は綺麗な空振りを奪った。

結局このシーズン、堀にはヒットを二本しか打たれなかった。他の打者もほぼ完全に抑え切っており、とにかくスターズ打線とは相性がいい。そういうデータは当然、監督も重視するはずだ。

だから俺で決まり。

そう思っても、先ほどの監督の電話が気になる。本当にまだ先発を決めていないのか……自分と黒澤を天秤《てんびん》にかけているのか……何だか気に食わない。こういう時は、若い選手にチャンスを与えるのが普通じゃないのか？

6

監督からの電話か……無視してしまってもいい。だいたいこの店は、何で電波が通じるようになっているんだ？　黒澤はスマートフォンを睨みつけた。ゆっくり、何ものにも煩わされないように呑むためには、スマートフォンだって邪魔になる。それなら最初から、スマートフォンなど持ってこなければいいのだが。「もしも」と考えてしまう自分の用心深さが気に食わない。

「鳴ってますよ」石口が面倒臭そうに指摘する。「出なくていいんですか」

「出るよ」

黒澤はスマートフォンを摑んで、椅子から滑り下りた。足元が少し怪しい……しかしドアを押し開け、伊勢佐木《いせざき》町の雑踏の中に出ると、少し冷たくなった空気に触れて酔いが抜けるのを感じた。

誰かに見られると面倒なので、店の壁の方を向いて話し始める。

「ああ、クロ？　ご苦労さん」

「どうもです」

何だか妙に気を遣った言い方が気に食わない。確かに投手陣では年長の方なのだが、ベテラン扱いされると、急に年を取った気分になる。

「どうだ」

「どうだって言われても……」苦笑する。この監督は、物事をあまりはっきり言わない。適当な言葉を連ねて、「後はそっちで察してくれよ」というタイプである。つき合うには面倒な相手だ。

「体調は？」

「まあ、普通です」

「明日、投げるかもしれないからな」

そういう話か……やっぱり、この電話には出なければよかった。逃げ回っていれば、先発を言い渡されても「聞いていない」と逃げ切れたかもしれないのに。

いや、それはやはり無理か。仮にもプロの投手が、「聞いてないから」という理由で先発を飛ばすのはあり得ない。そもそもこうやって、聞いてしまったのだし……いや、「かもしれない」だったな。まだ決まっていない？　それはそれで、とんでもない話だ。

「決めてないんですか？」黒澤は突っこんだ。

「まあ、諸般の事情を鑑《かんが》みてこれから決める、ということだ」

何が諸般の事情だ、と黒澤は白けた気分になった。どういうつもりか知らないが、単に監督自身が決断できないだけではないか。

一瞬冷たい風が吹き抜け、くしゃみをする。平井が耳ざとく聞きつけた。

「おい、まさか風邪でも引いたんじゃないだろうな」

「大丈夫ですよ」

「今日はさっさと寝ろ。明日は大一番になるんだから」

「そうなんでしょうけど、じゃあ、俺は投げるんですか？」

「それはまだ決めていない」

「大洞に投げさせればいいじゃないですか。あいつ、やる気満々でしょう」

「明日みたいにプレッシャーのかかる試合では、あいつは投げたことがない。不安なんだよ」

「そうですか？　奴はいつも自信たっぷりでしょう」

「たかが一年投げたぐらいで、調子に乗られたら困る。こういう厳しい試合には、お前みたいなベテランの力が必要なんだ」

「じゃあ、俺が投げるんですか？」

「だから、それはまだ決めていない」

「何だ……」思わず文句を言いそうになって、言葉を呑みこむ。この監督とのつき合いも長いのだが、向こうが何を考えているか分からないせいで、とても気楽な関係とは言えない。迂闊《うかつ》なことを言ったら、監督批判で罰金を取られるかもしれない。それも数十万円単位で。

「とにかく、今夜は夜更かししないで早く寝ろよ」

「はあ」

「明日、球場に来た時には、誰が先発か分かるようにしておくから」

また「はあ」としか言えない。こんなことなら、わざわざ電話してこなくてもいいのに……監督の迷いと弱気が透けて見えたが、そんなことは指摘できない。結局無難な挨拶《あいさつ》をして電話を切った。

さて、登板に向けて準備をすべきだろうか。それとも逆らって、明日は投げられないようにする？　それは無理だな、とすぐに結論を出した。かすかに痛みが残る足首について打ち明けるのも悔しい。だいたい、そんなことをすれば「どうして怪我を報告しなかった」と叱責されるに決まっている。黒澤は、人に怒られるのが大嫌いだった。

何だかな……結局俺も、投げる方向で考えてしまうわけか。それにしても、監督の適当な態度は許せない。いつか痛い目に遭わせてやろうと思ったが、その方法はまったく思いつかなかった。

7

これは、本格的に困ったことになった。

JR関内《かんない》駅近くにあるマンションの自室で、平井は頭を抱えた。午前零時……目の前には何枚ものデータシートが散らばっている。スコアラーたちの苦心の作であるデータシートは、マーカーやボールペンの跡で汚くなり、元々の文字が見えないほどになっていた。

ふと溜息をつき、立ち上がる。冷蔵庫からミネラルウォーターを取り出し、一口飲んだ。秋が近い——今夜は特に冷えこみ、震えがくる。

寝室に戻り、カーテンを細く開けて街の様子を眺める。残念ながら、景色はよくない。この辺は官庁街で、外には素っ気ない光景が広がっているだけだし、そうでなくても目の前にそびえるマンションに邪魔されて、遠くまで見渡せない。

平井はシーズン中だけ、一人でこのマンションに住んでいる。家族は東京だ。確かに球場へ近いし便利なのだが、こういう夜に寂しさを感じることは少なくない。単身赴任の原因は子どもたち——少し甘やかし過ぎではないか、と平井は常々思っている。結婚が遅かったので、来年は長男が大学、長女が高校受験と、確かに二人とも大変な時期ではある。

しかし、父親がプロ野球チームの監督という重要な仕事をしているのに、家族が東京に残るのはどうか、とも思う。

そもそも、このチームを引き受けない方がよかったのでは、と悔いることが未だにある。パイレーツは長い歴史を誇るチームだが、そのほとんどをBクラスで過ごしてきた。六年前、平井が監督を引き受ける直前には、二年連続最下位。平井が指揮を執った過去五年間でも、三位を二度記録したのが最高だった。誰が引き受けても同じ状況だっただろう。とにかく親会社がケチで、選手の補強に金を使うことなど馬鹿馬鹿しいと思っている節があるのだから。球団社長からして、そういう方針を隠そうともしない。去年の契約更改の時、「少ない戦力でどう勝つか――それを考えるのが監督の仕事の醍醐味《だいごみ》ですよね」などと訳の分からないことを言っていたぐらいである。自分の責任は放棄し、全てを監督に押しつけるわけか……だから、今年のように奇妙な結果になってしまうのだ。

十五勝を挙げるピッチャーが二人もいたら、普通、チームは優勝戦線に食いこむものだ。しかし、大洞と黒澤以外のピッチャーは壊滅状態で――二人が稼いだ貯金を、他のピッチャーが使い果たしてしまうという最悪の展開である。何ともバランスが悪い。

カーテンを閉め、デスクに戻る。このデスクは常に乱雑だ。昔の監督は、こんなことなどなかったんだろうな……と溜息をつく。今は監督も、データを読みこみ、分析し作戦に生かせなければ話にならない。コーチやスコアラーたちが分析したのを、口頭で説明してもらうだけの監督もいるようだが、そういうのが許されるのは「超大物」に限られる。自分はそこまで優遇されていないし、実際に数字は気になる――好きなのだ。あれこれ数字をこねくり回していると、時間が経《た》つのを忘れてしまう。しかし最近は老眼が進んでいるので、細かい文字を見続けるのがきつかった。しかも今は、出口のない迷路に迷いこんでいる。どちらを使うべきか、決定的なデータがないのだ。

様々な色で塗り潰されたデータシートは、大洞と黒澤、二人の今年の成績のものだ。一試合ごとに細かく分析されており、対戦打者別に積み重ねられたデータが、登板する度にアップデートされている。左右の打者との対戦成績、球種ごとの打球の方向、球場別の成績……微に入り細を穿《うが》つ内容だが、そのせいで「全体像」のようなものが見えなくなってしまうという弱点がある。スコアラーというのは、概して数字が大好きな人種だが、数字そのものに拘泥《こうでい》するあまり、えてして大きな枠が見えなくなることも多い。

このデータもそうだ……平井は赤いボールペンでデータシートの一点を突いた。右投げの大洞が打たれたヒットの方向。今シーズン、大洞は六百八十二人の打者と対戦し、百五十二本のヒットを浴びている。このうち右打者が放ったヒットが八十二本、左打者が七十本だ。右打者の打球の方向を見ると、四割がフィールドの左側、三割がセンター方向、残る三割がライト側となっている。これは、右打者のヒットの方向を平均したものとほぼ同じだろう。ということは、このデータ自体は何の意味も持たない。

黒澤の場合も同様だ。例えばカウントごとの被打率……ストライクが増えるごとに被打率が低く、ボールが先行するに連れて高くなるのは当たり前のことである。多少の傾向はあるかもしれないが、それを作戦に結びつけることはできない。

「これじゃ、どうしようもないな」つぶやき、ボールペンをデスクに転がす。俺は何が知りたいのか……数字に表れにくい勢いだ。要するに、どちらのピッチャーを使ったらいいか、そのための指標が欲しいのだ。しかし先発投手の場合、「波」を読み切るのが難しい。毎日出場する打者なら、調子の波を読みやすいのだが、数試合に一度しか投げない先発投手は、その試合の様子しか分からないのだ。完封勝利を挙げた次の登板で、初回にＫＯされてしまうこともままある。

さらに困ったことに、九月以降の大洞と黒澤の成績はぴったりとシンクロしていた。二人とも三勝一敗。防御率もほぼ同じである。いい調子を保ったままシーズンを終えようとしているわけで、それ自体は好ましいことだ。新人王確定の大洞は自信をつけて来シーズンに入れるし、黒澤にとっても「一年おき」の不安定な成績に終止符を打ち、来年も安定して活躍するための礎になるかもしれない。

しかし、先ほど二人に電話して、気持ちの上では大きな違いがあるのが分かった。大洞は前のめり。一方で黒澤は引いていた。二人の気持ちは簡単に想像できる。実質ルーキーである大洞にとって、単独最多勝は大きな勲章だろう。新人王と合わせれば、思いきり胸を張れる。パイレーツからは長年、投手の個人タイトルが出ていないわけだし……しかし、その前のめりの気持ちが逆に不安である。若い投手の場合、気持ちが先走って力が出せなくなってしまうことがままあるのだ。いわゆる「力が入り過ぎた」状態。だいたい大洞は、早くもお山の大将になりかかっているし。

一方黒澤は、既に今シーズンが終わったと考えている節がある。それはそうだろう。あの男が最後に投げた試合——勝ち負けはつかなかった——の時点で、チームは最下位、五位のイーグルスとは二ゲーム差があった。絶望的な数字ではないが、十シーズン目を迎える黒澤は、シーズンの「流れ」のようなものを肌で感じていただろう。駄目な時は何をやっても駄目。だから今シーズンはもう、力を入れない。

そういう気合いの「抜け」を矯正《きようせい》することは容易ではない。結局は一人一人の気の持ちようなのだ。もしもこれが、優勝を争うような状況なら、発破をかけることもできる。しかし明日勝っても、四位が確定するかもしれないだけだ。そういう状況で気合いを入れ直すのは、相当難しい。もちろんピッチャーは、無暗《むやみ》に気合いを入れず、平常心でマウンドに上がるのが一番なのだが。

「黒澤がやる気を出してくれればな……」髭《ひげ》の浮いた顎《あご》を撫《な》でる。データシートを指先で叩き、ふっと顔を上げた。壁の時計が目に入る。いつの間にか零時半だ。ナイター中心のシーズン中は、自然に生活時間帯が後ろの方にずれてしまうのだが、さすがにそろそろ寝なければならないタイミングである。

もっとも、このまますんなり眠れるとは思えなかったが。

正直、黒澤に賭けたい。チームにとって大一番に必要なのは、ベテランらしい老獪《ろうかい》さと落ち着きである。大洞の場合、初回から思いきり飛ばしていくだろう。そして早い回にスタミナが切れて痛打を食らう——今年の大洞の負けは、全てそのパターンだった。飛ばし過ぎ。まだスタミナ配分が分かっていないのだ。

しかし、スターズとの相性の良さがある。四勝〇敗、防御率一・二二。ほぼ完璧に抑え切っているし、大洞が投げている時は打線もよく打った。こういうのは理屈ではなく、単なる巡り合わせとしか言いようがない。データでは分からない部分だ。

対して黒澤は、スターズに対して今季一勝二敗。唯一負け越している相手だった。通算成績を見ると勝ち負けはほぼ同数で、相性がいいとも悪いとも言えない。ここ数年、スターズはチーム力ががくんと落ちており、くみしやすい相手ではあるのだが……それでも勝負は五分五分だ、と思った。

スターズにはスターズの事情がある。三位は確定し、プレーオフ進出も決まっているのだから、明日の試合にはほとんど意味はない。プレーオフに備えてレギュラー陣を休ませ、若手中心で打線を組んでくる可能性もある。手抜きと言えば手抜きだが、最終的にはプレーオフを勝ち抜くのが大事だから、プロとしては許容されることだ。

いっそ、一人でくじでもしてみようかと思った。あみだくじを作り、それで決める……いやいや、それは馬鹿馬鹿しい。それに、どうやって先発を決めたのか、人に聞かれたら答えられないではないか。平井は基本的に、嘘《うそ》がつけない人間なのだ。プロ野球の監督として、それはどうかと思うが。

また立ち上がり、窓辺に寄る。変わり映えしない光景――隣のマンションの外廊下が見えるだけだ。水を一口飲み、身を震わせる。すっかり秋だな……最近は春と秋が短くなり、日本には夏と冬しかなくなってしまった感じがする。自分が現役の頃は、「秋」は特別なシーズンだった。暑さと戦いながら乗り切ったレギュラーシーズンが終わり、いよいよプレーオフが始まる時期。ずっと、弱いパイレーツでプレーしていた平井にとっては、胸躍る秋は少なかったのだが――実際には数えるほどである。

スマートフォンが鳴る……こんな時間に誰だ？　試合が終わった後は、常に一人で静かにしていたいのだが、今日はペースを乱されてばかりである。灰田とだらだら話をしてしまったし、せっかく家に帰ってきたら今度は電話だ。家族からではない。よほどのことがない限り、こんな時間に電話をかけてくるはずがないのだから。

よほどのことか？

慌ててスマートフォンを取り上げる。何と……ゼネラルマネージャー《GM》の杉原《すぎはら》からだ。今一番話したくない相手でもある。自分より年下で、親会社から出向してきたこのＧＭは、常に一言多いタイプだ。

「すみませんね、夜遅く」

「いえ」慇懃《いんぎん》な態度は最初だけだ、と分かっている。あとは勝手に言いたいことを言うだろう。その予感は当たった。

「明日はどうするんですか」

「どう、と言われますと？」

「先発ですよ、先発」やや甲高い声の早口な喋《しゃべ》り方は、いつも平井を苛々《いらいら》させる。「大洞
か黒澤か。どっちを投げさせるんですか」

「いや、まだ決めていないんですよ」

「決めていないって……明日の話でしょう」

杉原が太い眉を寄せる様が目に浮かぶ。黒々として、非常識に太い杉原の眉はよく動くのだが、毛虫が顔の上で踊っているようで、見ていて気持ちいいものではない。平井はス
マートフォンを右手から左手に持ち替えた。椅子に座り、空いた右手でデータシートを弄《いじ》
る。話が長くなるのは分かっていた。

「大洞では駄目なんですか」

「別に、駄目じゃないですが」

「だったら彼に投げさせたらどうです。今年は、スターズとは相性もいいでしょう」

「そうですねえ……」

「あいつなら絶対に、スターズを抑えられる。明日は勝たないと駄目なんですよ」

「負けていい試合なんかないですけどね」

「それは理想論というもので……とにかく、大洞に投げさせて下さい」

「選手の起用については、監督に全権があると思ってましたが」

「それは何でもない、普段の試合の時でしょう。明日はチームにとって特別な一戦なんですよ。勝たないと、最下位に落ちる可能性もあるんだから」

「最下位？　縁起でもない話ですね。勝負は、蓋《ふた》を開けてみないと分かりませんよ」

「分かってます。勝つために準備するのが監督の仕事じゃないんですか」

まったく煩《うるさ》い男だ……平井は辟易《へきえき》して、スマートフォンを一瞬耳から離した。声が聞こえなくなっても、この男の呪縛《じゅばく》から逃れられるわけではないが。

「――うちには、スターが必要なんですよ」

そういうことか。いつも回りくどい杉原にしてはあっさり本音を吐いたな、と平井は意外に思った。

「まあ、プロですからね。客を呼べる選手の存在は絶対必要でしょう」

「その候補が、今は大洞しかいない」

「黒澤だって、うちのエースですよ」

「彼はルックスがよくない」

それを言うのか、と平井は絶句した。確かに黒澤のルックスは、女性受けしそうなものではない。三十歳を少し出たばかりなのに、ずんぐりむっくりした体つきで、とてもアスリートのようには見えないのだ。顔ももっさりしており、いつも不機嫌そうに見えるのもマイナス要因である。全体に受ける印象は「ふてぶてしい」。決め球はスクリューボールで、ランナーは出すものの、この決め球で内野ゴロを打たせ、ダブルプレーに切って取るのが得意のスタイルだ。決して、百五十キロの速球で三振を取りまくることはない——つまり、野球少年たちの憧《あこが》れの存在でさえないのだ。豪快に三振を取るピッチャーの方が、子どもには分かりやすく受け入れられる。

「とにかく、大洞はうちのスター候補なんです。何としても、単独最多勝を取らせてやりましょうよ」

「取れるかどうかは分かりませんよ」

「投げないと何も始まらないでしょう。確か、ヨギ・ベラがそう言っていたでしょう」

それを言うなら「終わるまで終わらない」だ。どこで勘違いしたのか……この男は時折、覚え間違いの台詞《せりふ》を平然と口にする。大抵は害がないことなのでどうでもいいのだが、こういう切羽詰った状況で聞かされると苛々する。

「明日の朝までには決めますよ」

「そういうやり方は異例でしょう」

「本人たちには言ってありますから、ご心配なく」

返事を待たずに、平井は電話を切った。こちらから電話を切らない限り、この男はいつまでも話し続ける。大事な試合の前に、寝不足という事態だけは避けたかった。

しかし、まだベッドに行く気になれなかった。疲れているのだが、眠気が訪れる気配がない。それはそうだ……こんな大問題を抱えたまま、眠れるわけがない。

しょうがない。眠る気にならなければ、起きているだけだ。データをもっとひっくり返せば、明日勝つためにどうすればいいか、分かるかもしれない。

先に相手のことを考えよう。予想では、スターズの先発は大卒ルーキーの深井《ふかい》だ。七月に一軍に上がり、ここまでとんとん拍子に九勝を挙げている。最後の一試合に、二桁勝利を賭けてくるだろう。スターズも最近は明るい話題がなく、スター選手の輩出は重要な課題である。ルーキーで二桁勝つ投手が現れれば、来年は盛り上がるはずだ。

その深井は、ここまでパイレーツ戦での登板がない。巡り合わせなのだが、直接対決のデータがないのは痛かった。基本的には右の本格派で、百五十キロ近い速球とスプリットを武器に、真っ向から投げこんでくるタイプである。問題はスタミナだろう、と平井は読んでいた。八回まで投げたのは一試合だけ。コントロールに難があるせいで球数が多くなり、六回で百球を超えてしまうのもしばしばだった。打ち崩すのは難しくはあるまい。とにかく粘って球数を増やし、早い回に引きずり下ろすための作戦はいくらでもある。打線が低調と言っても、こちらもプロなのだ。

となると、やはり問題はこちらの先発ピッチャーだ。深井と張り合って先にマウンドを下ろされる恐れの少ない選手……やはり大洞か黒澤か、どちらかしかいない。彼らによる継投も考えた。どちらかに先発させ、途中でスイッチ——これもありだ、と思う。

「どうするんだよ……」一人つぶやき、平井はデータシートをまとめ始めた。きりがない。とにかく、眠れなくてもベッドに潜りこんでしまおうか。一晩寝れば、少しは頭がすっきりするかもしれないし。

その時ふと、一枚のデータシートが目に入った。最初は、単なる数字の羅列として……しかしやがて、それがある結論に結びつく。大洞と黒澤の継投でつなぐよりも、突拍子もない計画かもしれない。しかし、賭ける物が大きい試合ほど、大胆に行くべきではないか。

8

結局、電話なしかよ。大洞は半ば呆《あき》れていた。こんなことは今まで一度もなかった。だいたい登板予定はローテーションで分かっているのだが、前日には必ず「明日は先発でいく」と連絡が入っていたのに。監督も迷ってるんだろうけど、いい加減にして欲しいよ、と思う。

ぼんやりとソファに座ったまま、夜のスポーツニュースを眺める。あちこちのチャンネルを観てみたが、今日のハイライトは何といっても、代打逆転満塁サヨナラランニングホームランだった。大洞は生で見るチャンスを逸したのだが、それでもトレーニングルームから慌てて飛び出し、歓喜の輪に加わった。こういう時、出遅れたら損なだけである。あ……だけどあの時、誰かに殴られたな。殴られたというか、どさくさに紛れて脇腹にパンチを入れられた。思わず前屈《まえかが》みになってしまうほどの衝撃だったから、たまたま肘《ひじ》が当たった感じではない。

嫌われてるな、と実感する。

自分が少しだけ天狗《てんぐ》になっていることは、自覚していた。実質的に一年目のシーズンで、十五勝も挙げているのだから、鼻が高くならない方がおかしい。しかしそれは、分かっていてやっていることでもあった。自分で自分を乗せる——元々、ハートが強い方ではないから、意識して胸を張っていないと凹《へこ》んでしまうのだ。だから誰かに「生意気だ」と言われても、とにかくでかい態度を取り続ける。

来年も活躍すれば、そんな風には言われなくなるはずだ。そのためにも明日投げて、勝たなければ……。

それにしても、この幕切れはすごかったな。本庄さん、選手としての運を使い果たしてしまったんじゃないか、とも思う。内角高めの速球を、巻きこむようにして左中間へ打ち返すと、打球はフェンスへ一直線、そしてフェンス下部を直撃した。打球がレフト線方向へ大きく跳ね返ったのは、どうしてだろう……ホーム球場のことはどこでもよく知っている大洞だが、どうしてあんな跳ね返り方をしたかは想像もできない。気になって、観客が帰った後で外野を一周してみたのだが、変なでっぱりや障害物があるわけではなかった。よほど打球に妙な回転がかかっていたとか……いや、そうであっても、あんな跳ね返り方はしないはずだ。

野球では、何が起きるか分からない。

それにしても本庄さん、嬉しいというより困ってる感じだな。ダグアウト前でもみくちゃにされる姿をテレビの画面で観ていると、集団暴行を受けているようでもある。誰も、こんな幕切れは予想もしていなかっただろう。漫画でも、こんなエンディングはない。

画面の中の本庄はヘルメットをぼこぼこに叩かれ、最後はグラウンドに押し倒されてしまった。両腕を引っ張られてようやく起き上がったのだが、顔は真っ赤で涙目……とても歓喜の瞬間をチームメートとともに祝ったようには見えない。その後のヒーローインタビューでも、まだ素直に快挙を喜べない様子だった。

「はい、あの……当たっちゃいましたね」

何だこれ、と思わず失笑してしまう。本庄は今年二十八歳。もう十年もプロの飯を食っているのに、まだヒーローインタビューに慣れないのだろうか。確かに彼は、重要な場面で派手な活躍をする選手ではないが……終盤の守備固め、代走、レギュラー選手が怪我でラインナップを外れている時の代役——主な仕事はそういうもので、要するに「便利屋」だ。この一打でレギュラーを獲得するとも思えないし、多分何十年に一度の「珍事」の主役として記憶されるだけだろう。

自分は、そんな風になってはいけないと思う。記憶に残らなくても記録を残す。結局プロの選手は、記録を残してナンボ、なのだ。記録が金につながる。記憶は……ファンの胸の中にだけあるもので、それでは金は稼げない。

テレビを消し、窓を開けた。ベランダに出ると、風は少し冷たいのだが、それがむしろ心地好《よ》い。かすかに潮の香りが漂ったような気がして、大洞は少しだけ嬉しくなった。海のない栃木《とちぎ》県の出身者としては、海の近くに住んでいるというだけで、開放的な気分になれるのだ。もっとも海といっても、この寮は工場街・倉庫街の近くなので、情緒などないに等しいのだが。

隣の部屋からはまだ灯《あか》りが漏れている。一年上で、まだ二軍で修業中の近沢《ちかざわ》の部屋だ。昼間中心の生活になる二軍の選手には、夜更かしは禁物なのだが……意識の低い選手はこれだから困る。

ま、他人のことを気にしてもどうしようもない。

部屋に戻り、スマートフォンの着信を確認する。何もない。本当に、明日まで待たされるのか……予定が立てにくいし、ジンクスは既に破られてしまった。だが大洞はあくまで、先発するつもりで用意を重ねることにした。ジンクスその六、登板前日、布団に潜りこんだら一度も出てはいけない。

布団に潜りこむ。いつもなら、先発前日だからと言って眠れないことはない。プロとして、眠るのも仕事のうちだと分かっているからだ。しかし今日に限っては、やけに目が冴《さ》えてしまう。

投げるのか、投げないのか……監督がいつまでも決めない理由は何なのだろう、とつい考えてしまう。もしかしたら、俺に最多勝を取らせたくないのか？　自分のチームの選手にタイトルを取らせたくないと考える監督など、いるのだろうか。過去には、タイトル争いを巡って様々な問題が起きた。ライバルの選手を敬遠攻めにしたり、打率を落とさないためにわざと欠場させたり……しかし、「投げさせない」というのはどうなのだろう。これは「タイトルを取らせたい」という親心の逆ではないか。

どうして？

監督にも嫌われているから？

急に顔から血の気が引くのを感じ、大洞は布団をはね除《の》けた。まさか……チームメートに嫌われるのは、別に構わない。何年か経てば、自分はこういう人間だと納得してもらえるだろう。実績を残せば、誰も何も言えなくなるはずだ。しかし監督は別だ。選手の命運を握っているのは、フロントではなく監督なのだから。試合に出さないことで、選手を簡単に潰せてしまう。

だが、平井に嫌われる理由が思い当たらなかった。少なくともこの監督の前では素直で、絶対服従を心がけていたのだ。自分でも気づかないうちに怒らせていた？　他の選手が「あいつは生意気過ぎる」と耳打ちした？　プロの世界と言っても、実際はガキっぽい連中が多いから、そういう子どもじみた真似《まね》をする選手がいてもおかしくはない。

いやいや……もしかしたらフロントの指示ではないか？　パイレーツのフロントは、球界有数の締まり屋である。チームの成績よりも、出ていく金をどうやって抑えるかを重視している、とさえ噂されている。大洞自身は、まだそういうケチ臭さを実感することはなかったが、先輩選手たちの愚痴を聞いていると、本当かもしれない、と思えてくるのだった。年俸交渉が毎年長引くのも、その証拠ではないか。同じ成績だったら、絶対他の球団の方が査定が上――そんな声はあちこちから聞こえる。

まことしやかに噂されているのは、球団は選手にタイトルを取らせたがっていない、という話だ。タイトルを取るほど活躍すれば、翌年の年俸は上げざるを得ない。タイトル料の形で、臨時のボーナスも出ていくだろう。そういう余計な出費を避けるために、タイトルを取りそうな選手をシーズン終盤でラインナップから外す——という噂だ。

まさか。それは一種の「敗退行為」ではないか。タイトル争いに絡む選手は、当然調子がいい。そういう選手を先発から外せば、当然チーム力はダウンし、勝てる試合も勝てなくなる。わざと負けにいっているも同然で、これはプロとして重大な問題——でも、そうだとすると、黒澤が最終戦で勝ち投手になった場合は……。水原に聞いてみようか、とも思った。自分より年上で大卒の水原は、何かと物事をよく知っている……いやいや、あの人も一年目だから、そんなチーム事情の裏の裏まで把握しているわけはない。

ああ、どうするんだよ。大洞は乱暴に布団をかけ、きつく目を瞑《つむ》った。そんなことをしても眠れるわけがないと分かっているが、とにかく眠る努力をしないと。

そう考えた瞬間に、また目が冴えてしまうのだった。

9

黒澤は、いつの間にか足を引きずっているのに気づいた。酔いのせいか、痛みのせいか……それすら分からないことに驚く。これは相当酔っぱらったな。酔っぱらってると分かるぐらいには正気な訳だが。

結局あの後、もう一軒バーに寄り——石口は途中でギブアップしていた——ようやく家に帰る気になったのだが、何となくふらふらと歩き出してしまった。タクシーを拾うほどの距離ではないし、歩くのは嫌いではないのだ。横浜生まれの黒澤にとって、この辺は裏の裏までよく知っている街なわけで、目を瞑っていても家まで辿《たど》り着ける。

しかし、だるい。足を引きずっているだけでも、体力を消耗するのだと思い知った。そういえば今まで、下半身の故障は……経験がない。ひどいことになるとは思えないが、明日は絶対に投げられない。投げたくない。その思いが急に強く膨れ上がってきた。監督は投げるつもりで準備しておけって言ったけど、ひどい話だよな。決められないなら、大洞に投げさせておけばいいのに。あいつはやる気満々なのだから。

参ったな……ちらりと顔を上げ、自分がどこにいるのか確認する。野毛《のげ》三丁目の交差点……ということは、歩く方向は間違っていない。平戸桜木道路を渡って野毛坂の交差点まで歩き、そこからさらに五分ほど——ここからわずか十分ほどの道程が、急に遠いものに思われた。一休みするか。急にコーヒーが飲みたくなったが、この辺で、こんな時間に開いている喫茶店はない。そもそも呑み屋街であり、この辺に来る人は酔いを醒《さ》ますのではなく、酔っぱらうのが目的なのだし。

交差点を渡った先の左側に、コンビニエンスストアがある。仕方ない。ここでコーヒーを買って行こう。最近は、コンビニのコーヒーも馬鹿にできないし。そもそも黒澤は、コーヒーの味などまったく分からないのだ。苦ければそれで満足してしまう。

ふらふらと交差点を渡り、熱いコーヒーを買い求める。ついでにミネラルウォーターも。店の外に出て、まずミネラルウォーターを飲んだ。ボトルに半分ほどがなくなると、急に酔いが醒めてくる。足がふらつく感覚も消えた。何だ、結局そんなに大量に呑んだわけでもないんだ、と白けた気分になる。平井から電話がかかってきた時点で、無意識のうちにセーブしてしまったのかもしれない。何だかんだ言って、監督に「投げるつもりで」と言われれば、気をつけざるを得ない。所詮《しょせん》選手は、監督の持ち駒《ごま》なのだから。

ミネラルウォーターのボトルを下に置き、コーヒーを啜る。夜更けた時間帯で、人も少なくなっていたが、誰も自分に気づかないのが愉快なような、残念なような、複雑な気持ちだった。人一倍体が大きいので、普通は歩いているだけで目立ってしまう。しかもここは俺の街——生まれ育った街だし、今は地元の球団のエースだ。気づかれるのが普通だと思うのだが、こんな時間帯には、パイレーツファンは出歩かないのかもしれない。

あんな凄《すご》い試合の後だから、祝勝会をやっていてもおかしくないのだが。

コーヒーをゆっくりと飲む。苦みが喉《のど》から全身に行き渡り、急速にアルコールが抜けていくのが分かる。何だかもったいない気分だった。せっかく体にアルコールを入れてやったのに、家に帰り着くまでもたないとは。黒澤は主義として、家では酒を一滴も口にしない。一人でいる時に呑み始めると、際限がなくなるからだ。誰かと一緒、少なくとも店で呑んでいる限り、他人の目があるから無様に酔い潰れることはない。このまま帰るのが馬鹿らしくなり、もう一軒寄っていこうか、とも考えた。この辺にも行きつけの店が何軒かある。

しかし一瞬頭に浮かんだその計画は、声をかけてきた人間に邪魔された。

「クロさん、何でこんなところに？」

顔を上げると、よく知った人間がいた。パイレーツ公認の応援団、「海賊団」の幹部である古木《ふるき》。人見知りの黒澤が気軽に話せる、数少ない相手である。

古木もすっかりでき上がっていた。髪を短く刈り上げた頭にはバンダナを巻き、黒いアイパッチを左目だけにかけている。もちろんこのアイパッチには小さな穴が空いていて、ちゃんと両目で見えるのだが……アイパッチは、「海賊団」の公式応援グッズである。ということは、古木も試合帰りなのだろう。試合終了から何時間も経って、まだアイパッチを着用しているということは、興奮が醒め切っていないのだ。まあ、何十年も同じチームを応援していても、あんな場面に出くわすチャンスはゼロに近いだろうし、気持ちは分かる。今日の酒は美味《うま》かっただろう。

「酔い醒ましですか」黒澤が握ったコーヒーカップをちらりと見る。当の本人も、コーヒーが必要な状態に見えた。ふらふらと揺れているのは、体が完全にアルコールに支配されている証拠だ。

「ちょっと呑み過ぎたから」

「クロさんに限って、呑み過ぎはないでしょう。うわばみなんだから」

「いやいや、古木さんには敵《かな》いませんよ」

古木は、野毛で三代続く酒屋の若主人である。黒澤とは同い年の三十二歳。そして元高校球児でもあった。ただしレギュラーポジションを獲得できなかったし、チーム同士の対戦もなかったのだが。黒澤の高校と古木の高校では、レベルが違い過ぎた。元々面倒見のいい性格専門になり、いつの間にか「海賊団」の世話役に落ち着いていた。卒業後は観戦だし、自営業だからある程度時間の自由も利くのだろう。ファンサービスのイベントなどで何度も顔を合わせて話をし、黒澤にとっては馴染みの相手だった。古木が同い年で、野球経験者だったという事情もある。真面目に野球をやった人間ほど、生き残り——プロの世界に進んだ人間に対して、本物の敬意を払ってくれるのだ。

「今日の試合、すごかったですねえ」まだ興奮冷めやらぬ様子で、古木が言った。「生きているうちに、あんな試合を観ることができるなんて、思ってもいなかった」

「大当たり、でしょう」黒澤も無理に笑みを浮かべてみせた。気安い相手ではあるのだが、あくまで「部外者」である。黒澤は一線を引いていた。会えばちゃんと話すが、踏みこんだ内容にはしない。

「生きててよかったって感じですかね」

「それは大袈裟だな」

「クロさん、明日投げるんですよね」左右を素早く見渡し、古木が小声で訊ねた。まるで秘密の情報をやり取りするスパイのように。

「いや、どうかな」黒澤は言葉を濁した。自分でも分からないことを、何とも言いようがない。

「やっぱりそこは、秘密なんですか」

「古木さん、スターズのスパイかもしれないじゃない」

古木が声を上げて笑い始める。途中から体が震え出すほどの大袈裟な笑い方で、道行く人の注目を集めてしまうのでは、と黒澤は恐れた。

「そんなわけないでしょう。パイレーツ一筋三十二年ですよ」

「それは分かってるけど」

「そういうファンとしては、明日はクロさんに投げて欲しいんですけどね……何も、大洞に単独最多勝を取らせること、ないでしょう」

「何で？　うちのピッチャーなんだけど」

「大洞は、ほら……」言葉を捜すように、古木が両手をこねくり回した。「生意気じゃないですか」

今度は黒澤が声を上げて笑った。古木は何を言っているのか……。

「若い選手が謙虚だったら、かえって気持ち悪くないですか？　ちょっと生意気ぐらいがいいんですよ」

とはいえ、黒澤も大洞の生意気さ加減が、少しだけ鼻についているのだが。そもそもあいつは、挨拶がきちんとできない。人と話す時、どこか見下したような目つきをする。先輩に対する敬意が足りないから……いやいや、そんなことはどうでもいい。自分たちは、同じチームにいることだけが共通点の、個人事業主なのだ。

「だけど、何か嫌らしいんですよね、あいつの場合」

「嫌らしい？　そういうのは分からないけど」

「野心満々じゃないですか」

「普通の野球選手は、誰でもそうですよ」

「うん、それはいいんだけど……それを隠して、謙虚な演技をしているところが好きになれないんだよな」

「そうかなあ」黒澤は首を捻《ひね》った。「それは俺たちには分からないけど」

「ヒーローインタビューの時とか、新聞記事のコメントとか。野心満々なら、それを表に出せばいいのに、いつも『打線のおかげです』とか『できはよくなかったです』とか、木で鼻をくくったような発言ばかりでさ……何なんですかね、いい子になりたいのかな」

「二十歳ぐらいの選手に、あまりたくさんのものを求めてもねえ」自分が二十歳だった時は……とつい思い出してしまう。大学二年生、ようやく先発を任されるようになって必死の一年だった。プロ入り後にも、あれほど厳しく練習したことはなかったかもしれない。

「でも、とにかく、明日はクロさんが投げて下さいよ」

「それは、自分では決められないからなあ」

「明日勝てば、クロさんだって単独最多勝なんですよ。タイトルは、クロさんに取ってもらいたいんです」

「お気持ちはありがたいんですがねえ」次第に居心地が悪くなってきた。「こればかりは、監督の判断次第なんで。どうしても俺を投げさせたいなら、監督に言って下さいよ」

「そんなの、無理ですよ。ここでクロさんに会ったのがいいチャンスだから……」

「今日で、人生の運を使い果たしたかもしれませんよ」黒澤はにやりと顔を綻《ほころ》ばせた。

「代打満塁逆転サヨナラランニングホームランを生で観て、ここで俺に会って……こんなに偶然が重なること、ないでしょう」

「まあ、そうですねえ」薄く髭の浮いた顎を古木が撫でた。

「今日はいい夜だったんだから、いい夢を見るんじゃないですか」

「あとは明日、クロさんが投げてくれればね……今シーズンはいい形で終わりますよ」

「分かるけど、俺にはどうしようもないことなんで」ちょっとしつこいなと思いながら、黒澤は逃げを打った。

「スターティングラインナップの発表まで、びくびくしながら待ってなくちゃいけないんですか……」古木が溜息をついた。

「大袈裟ですよ。とにかく今夜は歴史の目撃者になったんだから、それでいいでしょう」

「それは確かに、ねえ……でも何で、打球があんな転がり方をしたんでしょうね」

「モグラの穴じゃないかな」

「モグラ？」古木が目を細める。

「外野フェンスの下のところで、モグラを見たことがあるんですよ」

「マジですか」

「もしかしたら、モグラの穴のせいで、打球が変な方向に変わったのかもしれないね」

「まさか、ねえ……だったら、モグラに餌《えさ》でもあげないと」

黒澤は声を上げて笑い、屈んでミネラルウォーターのペットボトルを取り上げた。それが別れの合図。もしかしたら明日投げるかもしれないピッチャーが、夜の街で長々と立ち話をするわけもない――と古木も分かってくれるだろう。

「今年のファンイベントの時にでも見てみたらどうです？　もちろん、その頃には別の場所に穴ができているかもしれないけど」

「そうですか……しかし、モグラねえ」古木が盛んに首を捻る。

黒澤は彼に背を向け、笑いを噛《か》み殺しながら歩き始めた。

モグラの穴——もちろん、嘘だった。面倒臭い相手から逃げるためだったら、嘘ぐらいはつく。しかし、監督から逃げることはできない。結局投げることになるのだろうか、と黒澤は溜息をついた。

10

間違いない。

午前二時、平井は大きく伸びをした。少し前にスコアラーとも電話で話し、必要なデータを手に入れて精査した。寝ていたスコアラーには悪いことをしたが、勘が当たっていたので、自分を褒めてやりたい気分だった。今考えれば、思い当たる節はいくらでもある。単なる印象かと思っていたのだが、それが事実として裏づけられた形だった。

決めたことは決めた……しかし本人に通告するにしても、この時間はいかにもまずい。さすがに寝ているだろうし、今言われても準備できるものでもないだろう。

甘やかす必要はないな、と思った。プロなら、いつでも投げられるように準備していて当然なのだから。

大きく息を吐き、体操するように両腕をぐるぐると回す。監督になってからずっとひどい肩凝りに悩まされているのだが、最近、ラジオ体操のような単純な動きが、凝りの解消に効果的だと気づいた。ゆっくり大きく関節を動かしてやることで、周辺の筋肉も解《ほぐ》れる。ラジオ体操も馬鹿にしたものではなく、それなりに考えられているのだな、と感心することしきりだった。

——そんなことはどうでもいい。まず、一つだけ気晴らしをしておくことにした。電話してきて俺を悩ませたGMの杉原に、今度はこちらから電話して起こしてやる。

しかし杉原は寝ていなかったらしく、すぐに電話に出てきた。仕返しが失敗したと悟り、がっかりする。しかしすぐに、気を取り直した。まだ驚かせる材料が残っている。

「明日の先発、決めました」

「大洞ですよね」

さも当然というように杉原が念押しした。平井がピッチャーの名前を告げると、途端に渋い声になる。

「それは……ちょっと考え直した方がいいのでは？」

「いや、もう決めましたので」引くつもりは一切ない。

「奇策過ぎますよ」

「そうかもしれませんけど、大一番では大胆な賭けに出ることも大事なのでは？　そもそもスターズは、予想外の出来事に弱いチームですからね。新人を打てないのがその証拠ですよ」

「それはそうですが……大洞はどうするんですか」

「試合展開によっては、投げる場面があるかもしれません。それで勝ち星を拾うかもしれないじゃないですか」

「最初から投げさせた方が、勝てる確率は高いのに……」

愚図愚図言い続ける杉原に対して、平井はぴしゃりと言葉を叩きつけた。

「監督は私です。選手の起用はこちらで決めます」

「それで負けたらどうするんですか」

「それを決めるのは、GMの仕事でしょう。どうぞ、お好きにしていただいて結構ですよ」

電話を切り、平井はゆっくりと息を吐いた。ちょっと言い過ぎたか……しかし、仕事の役割分担はきっちり分けておかないと、後々面倒なことになる。これでいいんだ、と平井は自分に言い聞かせた。どうやって勝つかを考えるのが自分の仕事。明日は、我ながら複雑な采配《さいはい》を迫られる試合になるだろう。しかし何とか勝ちに持っていく——それが、監督の腕の見せ所だ。

11

「いいんですか、それで」灰田が疑わしげに目を細めた。試合開始まで、あと四時間。

「もう決めたから」

「本人には？」

「これから言う」

「本当にいいんですか？」灰田が腕時計に目を落として念押しする。「いくら何でもいきなり過ぎませんか」

「何言ってる。奴は、いきなり投げることには慣れてるだろう」

「お勧めできませんけどね……」

「これで負けても、あんたの責任にはならないから。今日の試合は面白くなりそうじゃないか？」

「それはそうですが……」灰田は渋い表情のままだったが、先発投手を呼ぶように平井に指示されて、監督室を出て行った。

待つこと一分。目の前に現れたピッチャーは、明らかに戸惑っていた。自分でいいのか……大事な試合でそれが正解なのか……しかし余計なことは言わないだけの知恵はある男である。しかも肝が据わっているというか、ひょうひょうとしているというか、物事に動じない。そうでなければ、平井もここまで信用することはないのだ。

あまりにも信用し過ぎているが故に、そこにいてくれるのが当たり前の男。

「そういうわけで、今日はよろしく頼む」

「分かりました」緊張するでもなく、平然とした口調で答える。「じゃあ、アップしますんで」

「頼むぞ」もう一度声をかけ、平井は男の背中を見送った。

これはギャンブルだ。しかし俺は、勝ち目のないギャンブルはしない。

12

「何なんすか、これ」

試合前のミーティングが終わって、大洞は思わず黒澤に訊ねてしまった。

「何が」黒澤は冷静である――少なくとも冷静に見える。

「だって、唐橋《からはし》さんが先発って……唐橋さん、先発したことなんかあるんですか」

「さあ、どうだったかな」あまり興味なさそうに黒澤が答える。「昔はあったかもしれないけど、最近はないんじゃないか」

「そんな人に先発させるなんて……」

「聞こえたら殺されるぞ」黒澤が忠告する。「監督批判の罰金は高いからな。お前の給料一か月分ぐらい、吹っ飛ぶぞ」

慌てて大洞は口をつぐんだ。しばらくクラブハウスの椅子に座ったまま、腕組みをして前方を凝視する。信じられない……チームの勝ち頭の自分を、この試合で先発させないなんて。怒りがこみ上げてきたが、平井に呼ばれてそれは一時的に引っこんだ。

平井は、黒澤も一緒に呼びつけていた。人気《ひとけ》がなくなったクラブハウスの中で、三人だけ。嫌でも緊張する場面だが、部屋に入って来た平井がいきなり謝罪したので驚き、緊張感は吹っ飛んでしまった。

「悪かったな、いつまでも先発が決まらなくて」

「いやいや……」黒澤が遠慮がちに言ったが、彼も監督の真意を疑うように目を細めている。

「今日はどうしても勝ちたかった。勝つために、奇策を取らざるを得なかった。スターズが、イレギュラーな戦い方を嫌うのは分かってるだろう」

「ええ」黒澤がうなずく。

「いや、奇策に見えるかもしれないけど、実際には奇策じゃないんだ」平井が表情を引き締める。「唐橋が、この三年、スターズに一点も取られてないことは知ってるか？」

啞然として、大洞は平井の顔を見詰めた。

「そう言えば……そうかもしれません」黒澤は思い当たる節があるのか、小さくうなずいた。

そんなことがあるのか？　大洞は首を捻った。唐橋は左のセットアッパーで、毎年五十から六十イニングを投げる。平均すれば、リーグのどのチーム相手にも、毎年十イニング程度は投げている計算だが、データとして少な過ぎるのではないか？

「奴はこの三年で、スターズ戦に三十五試合登板している。失点ゼロ、ヒットは十本しか許していない。奪三振率は十二・三五だぞ」

それがどれだけすごい数字であるかは、大洞にも簡単に分かる。やはり、プロの選手は記録が大事だ。唐橋からすれば、投げれば確実に抑えられる相手——それがスターズ打線なのだ。

「だから、敢えてこの試合ではあいつを先発させる。スターズを慌てさせるのが最大の目的だ。とにかく勝たないことには、四位に上がるチャンスはなくなるんだから、何とか先手を打とう」

「じゃあ——」俺は投げないんですか。大洞の疑問は、平井の次の言葉に封じられた。

「お前ら二人はブルペン待機だ。今日は、試合展開によっては投げてもらうことになる……実際、唐橋が完投できるはずがないんだ。あいつはここ何年か、最長でも二イニングしか投げてない。救援専門の人間に完投しろと言えるはずがないだろう。無理な注文なんだ。いずれにせよつないでいくことになるだろうが、その場合は豪華リレーでいくからな」

投げられるチャンスはあるのか……大洞は少しだけ安心した。このままシーズンが終わってしまったら、絶対に悔いが残る。顎に力を入れてうなずき、平井の作戦を受け入れた。横にいる黒澤をちらりと見ると、特に何の感慨もない表情を浮かべている。この人は、自分が投げることにこだわっていないのだろうか、と不思議な気分になった。投げなければ、そして勝たなければ給料が上がらないのに。もしかしたら、投げたくない事情でもあるのだろうか――怪我を隠しているとか。

「そういうことでよろしく頼む」平井がうなずき、クラブハウスを出て行った。

取り残された大洞は、途端に居心地が悪くなった。さっさとロッカールームへ移動すればいいのに、何故か黒澤が動こうとしない。

「あれは、平井さんなりの気配りかもしれないな」黒澤がぽつりと言った。

「そうすか？」

「俺かお前か――どっちを先発させても、チームの全員が納得するわけじゃないだろう」

「まあ……そうっすね」

「それで唐橋だよ。確かにあいつ、スターズには全然打たれてない。何がいいのか分からないけど、相性の問題だろうな。でも監督の言う通りで、長いイニングは無理だ。一回りした後――四回から投げられるように準備しておかないとな」

「分かりました」やはり自分で先発したかったが、しょうがないことだと思う。平井だって、無用に火種を増やしたくないだろうし。これが大人の解決ってもんだよな、と自分に言い聞かせる。

「どっちが先か分からないけどな」

「どっちでもいいっすよ」先発でなければ意味はない。つないで勝ちに行くといっても、何だかぴんとこなかった。

「そうか？」黒澤が面白そうに唇を歪《ゆが》めた。「どのタイミングで投げるか……勝ってる時か負けてる時か、同点か。状況によっては勝ち負けがつくわけだ」

「あ……」当たり前のことだ。それをすっかり忘れていた。

「どっちが、いい状況で投げるかね」にやりと笑い、黒澤が踵《きびす》を返した。

結局、状況は何も変わってないじゃないか。これは、今日は試合が終わるまで気が抜けない。大洞は一つ息を吐いて、黒澤の背中を追いかけ始めた。

解説

西上心太

二年続けてスポーツの分野で、世界中の人々が一様に驚くことが起きた。一つ目が昨年（二〇一五年）のラグビーのワールドカップである。予選リーグで日本代表が南アフリカ代表に勝ったのだ（この試合の生放送を、眠気に負けて見逃したのは一生の不覚だ）。それも決まれば同点となる試合終了間際のＰＧを選択せず（引き分けだってすごいことだ）、トライを狙《ねら》いにいって見事逆転に成功したのである。日本代表はさらに二勝を追加し決勝トーナメント進出こそ逃したが、三勝一敗という好成績を残した。この日本代表の戦いぶりによって、長らく低迷していたラグビー人気が復活したのはめでたい限り。

もう一つがイギリスのサッカーのプレミアリーグである。一時は三部リーグまで落ちていたレスター・シティＦＣが、プレミアリーグ復帰二シーズン目でなんと初優勝を遂げたのだ（二〇一五〜二〇一六シーズン）。こちらは一試合だけの番狂わせではない。四十試合近い長丁場を戦っての優勝であるから、さらにびっくり。

スポーツの世界は強い者が勝つ。しかし一方で何が起こるかわからない。一つのターンオーバーが、試合を決定づけることもある。

本書は快進撃を続ける堂場瞬一のスポーツ小説集である。

快進撃とは、堂場瞬一の驚くべき刊行数にある。二〇一四年の暮の段階で著作はすでに九十作を超し、出版社を横断した「堂場瞬一の100冊・カウントダウンプロジェクト」は盛り上がりを見せた。そして二〇一五年の十月に百冊目の著作が発表されて、あっさりと目標がクリアされたのである。月一冊のペースであるから言葉通りのカウントダウンである。二〇〇一年デビューであるから、十五年のキャリアで百冊という大きな区切りに達したわけだ。しかも二〇一二年までは新聞社に勤務する兼業作家であったのだから、驚くほかはない。作家専業になってからは、年十冊以上のペースなので、これからも作品数はどんどん増え続けていくことだろう。

堂場瞬一といえば警察小説という印象が強い。現にいくつものヒットシリーズがあり、作品数もいちばん多い。しかし堂場瞬一が優れたスポーツ小説の書き手であることも、忘れてはならない。警察小説ほどではないが、年に一、二作というペースで、スポーツに携わる者たちのさまざまな人間ドラマを描いている。

そもそもデビュー作の『8年』(第十三回小説すばる新人賞受賞作)は、日本人がオーナーのメジャーリーグのチームが舞台だ。ある事情でプロ入りできず、しかも八年のブランクがある三十三歳の日本人ピッチャーがマイナーリーグから這《は》い上がり、低迷するチームに合流するというスポーツ小説だった。

堂場瞬一が小説すばる新人賞を受賞した二〇〇〇年は、メジャー六年目の野茂英雄がデトロイト・タイガーズに所属しており、佐々木主浩がシアトル・マリナーズに入団して新人王を獲得した年だった。そして『8年』は二〇〇一年の年頭に刊行されたのだが、三月後に始まったメジャーリーグのシーズンは、日本人選手が大活躍した年になった。タイガーズからボストン・レッドソックスに移籍した野茂英雄は、初登板となった四月四日に自身メジャーリーグ二度目となるノーヒットノーランを記録。一方のマリナーズには佐々木に続いてイチローが入団し、クローザーとトップバッターという投打の両輪となって奮闘し、チームは大リーグ史上タイ記録となる年間百十六勝を記録したのである。

そういう時期に、メジャーリーグを舞台にしたスポーツ小説を書く新人が現れたのだから、個人的に大いに注目したものだった。当時わたしは「ミステリマガジン」で国内ミステリーの書評を担当していたのだが、ミステリーではないのに『8年』を取りあげて絶賛した記憶も懐かしい。

さて本書は五つの競技を描いた六編が収録されている。野球だけが二編だが、高校野球とプロ野球の違いがあると強弁すれば、六種類の違う魅力を持つスポーツの舞台裏がのぞけることになる。

「連投」はもっとも過酷といわれる、夏の高校野球の神奈川県予選大会を描く。ベテラン記者の新見は、快進撃を続ける東高学院のエース渋井の投球に異変を感じる。これまでランナーを塁に出しても粘り強く、勝負を焦らないクレバーなピッチングで四試合完封してきているが、故障を抱えて投げていることに気づいたのだ。かつて自分も高校球児で、肩を壊して野球を辞めた新見は、渋井に直截《ちょくせつ》な問いを投げかける。

「インターセプト」は、アメリカンフットボールの試合中のある局面をクローズアップした作品だ。めざましいスピードを持つ新人ワイドレシーバー徳田。クオーターバックの矢嶋は彼に完璧《かんぺき》なパスを投げたのに、ディフェンスバックの選手にインターセプトを喰《く》らってしまう。徳田は自信を喪失し、矢嶋はサインが読まれたのかと疑心暗鬼に駆られるが。

「失投」は、前シーズン終盤に肩を痛めたやり投選手が主人公だ。第一人者でありながら調子の出ない自分に迫ってくる若手。焦燥に駆られながらもようやく会心の一投が出るが……。

「ペースダウン」は、学生ランナーの初マラソンを描く。箱根駅伝で活躍した穴川は、学生最後のレースでマラソンに挑んだ。絶好のコンディションで身体《からだ》の調子もよく、折り返し点を過ぎてもトップを走る憧《あこが》れの先輩から離れず追走を続けるが……。

「クラッシャー」の競技はラグビーだ。大学一年生で日本代表に選ばれながら、三年連続でシーズン初戦に大怪我《おおけが》を負うことをくり返してきた五十嵐。四年生となった今日、不安を抱えながら大学最後のシーズンの開幕戦に挑む。

「右と左」はプロ野球のシーズン最終戦前夜の人間模様を描いた作品だ。最下位に低迷する横浜パイレーツ。ところがラス前の試合で奇跡的な勝利を得た。最終戦の結果次第では四位に上がれる。首の皮一枚つながった平井監督の悩みは、明日の先発投手だった。二年目の若手右腕の大洞か、ベテラン左腕の黒澤か。奇《く》しくも両者とも十五勝七敗という同成績で、休養も十分だった。何が何でも投げて単独の最多勝タイトルが欲しい大洞。少し軸足を痛めており、すでにシーズンのモチベーションを失っている黒澤。思考の迷路にはまった平井の決断は。

《ターンオーバー》とはスポーツの世界では、相手側にボールを奪われて攻守が入れ替わることをいう。フィールドに選手が入り交じり、相手のゴールやエンドゾーンを目指すフットボール系の競技やバスケットボールなどで使われる。その中でも特にターンオーバーのダメージが大きいのが、アメリカンフットボールだろう。四回の攻撃で十ヤードをゲインすれば、また四回の攻撃権を得られるというルールのため、他の競技以上にターンオーバーは致命傷になるのだ。「インターセプト」はまさにインターセプトによる致命的なターンオーバーが起きた原因を探る一編だ。

「ペースダウン」も優勝を夢想するほど好調だった若い選手が一転、コンディションを崩していく姿を描いている。才能がありながらプロや大学では野球を続けないという「連投」の高校生投手の心変わりや、「クラッシャー」の怪我続きの選手の心の持ちようの変化などを象徴する言葉としても使われている。

また「失投」のテーマは心理的な「攻守」の入れ替わりである。自分が若手のころ、長くトップの座を占めていたベテランに勝利して、日本選手権を連覇してきた。しかし怪我がきっかけとなり、若手の台頭に脅かされる。かつては相手を呑《の》んでいたのに、いまでは逆の立場に立たされようとしている。その微妙な心の揺れ動きが浮かび上がるのだ。

最後の「右と左」は好対照な二人のエースピッチャーと、慎重というより優柔不断に近い監督が下した決断も、やはりターンオーバーといえるだろう。

競技する者の心理を穿《うが》ちながら、《ターンオーバー》というキーワードで括《くく》られる切れ味鋭いスポーツ小説集だ。たとえなじみのない競技でも、すぐに引き込まれてしまう魅力に満ちている。この本との出会いも、なんらかの《ターンオーバー》につながるのではないだろうか。

（にしがみ・しんた／書評家）

本書は、二〇一四年八月に小社より単行本として刊行されました。